Ylösnousemus

Ari Airio

Ylösnousemus

Kustantaja: BoD – Books on Demand, Helsinki, Suomi
Valmistaja: BoD – Books on Demand, Norderstedt, Saksa
ISBN: 9789528025207

Vanha mies

Iättömän näköinen vanha mies istuu ikkunattomassa huoneessa ja tuijottaa kaukaisuuteen. Hän ei ole sanonut sanaakaan lähes kahteenkymmeneen vuoteen. Mies ei näytä erityisen nuorelta, mutta voisi olla mitä hyvänsä vähän yli kolmenkymmenen ja suunnilleen kahdeksankymmenen väliltä. Lähes kalju päälaki, pitkät maantienväriset hiukset ja osittain harmaantunut parta. Hän istuu pyörätuolissa rennossa, mutta ryhdikkäässä asennossa puettuna pari numeroa liian suuriin harmaisiin sairaalavaatteisiin, jotka saavat hänet näyttämään suorastaan sairaalloisen laihalta. Nenä-mahaletkun lisäksi hänellä näyttäisi olevan ainakin katetri, pyörätuolin yläosassa on kaksi pussia nesteytystä ja ravintoliuosta varten ja istuimen alla kolmas pussi, johon tipahtelee hiljalleen keltaista nestettä.

Miehellä on kasvoillaan tyyni, lähes apaattinen ilme, jossa on kuitenkin häivähdys jotain, joka saa sen näyttämään siltä, että hän saattaisi millä hetkellä hyvänsä revetä itkemään tai nauramaan. Mahdollisesti molempia yhtä aikaa. Ja nimenomaan revetä aivan totaalisesti, päästäen purkautumaan kaiken sen mitä on pitänyt sisällään kaikki nämä vuodet. Ilmeen ristiriitaisuus korostuu silmissä, jotka näyttävät pintapuolisesti täysin tyyniltä, mutta joiden pinnan alla kipinöi jotain sanoinkuvaamatonta.

Vaikka nuo silmät eivät näytä liikkuvan lainkaan, ne vaikuttavat tuijottavan aina kohti riippumatta siitä mistä kulmasta niitä katsoo, ja ne tuntuvat heijastavan takaisin kaiken sen mitä ei haluaisi itsessään nähdä. Jos silmät ovat sielun peili, tällä miehellä ei näyttäisi olevan sielua. Ei ainakaan sellaista mihin tavallinen kuolevainen pääsisi käsiksi.

Häntä kuulustelemaan ovat saapuneet suojelupoliisin etsivä Sanna Järvikylä ja rikosylikonstaapeli Kari Kinnunen.

Kinnunen on keski-ikäinen ja keskimittainen, hivenen pönäkkä ja vähän harmaantumaan päin. Hänen kasvoillaan on kolmen päivän sängen lisäksi lievästi huvittuneen miettiväinen ilme.

Reilut puoli vuotta aikaisemmin Kinnusen ex-vaimo, jota kohtaan hänellä oli edelleen sangen lämpimiä tunteita, oli aloittanut seksisuhteen juuri sen puolirikollisen hipinkutaleen kanssa, josta hän oli tätä nimenomaan varoittanut. Hän sattui saamaan asian tietoonsa muutamaa päivää myöhemmin ollessaan tekemässä kotietsintää asuntoon, jossa kasvatettiin kannabista, ja ajatus hänen vaimostaan sellaisessa paikassa sai hänet nostamaan vitutuksen voimalla ja hankalasta asennosta tai viikkoja vaivanneesta kipeästä selästään välittämättä yllättävän painavaksi osoittautunutta kasvatuslaatikkoa, joka sijaitsi asunnon kasvihuoneeksi muutetussa kylpyhuoneessa puoleksi vessanpöntön takana.

Kuului terävä napsahdus ja seuraavassa hetkessä hän löysi myös itsensä pöntön takaa täysin kykenemättömänä liikkumaan. Kasvattajat lähtivät maijan perällä putkaan ja hän itse lähti ambulanssilla sairaalaan, josta kotiutuessaan hänellä oli kädessään resepti niille samoille kipulääkkeille, joiden väärinkäyttäjiä hän sai paimentaa työssään harva se päivä.

Aika pian Kinnunen alkoi itsekin nappailemaan lääkkeitä myös vitutukseen reilusti enemmän kuin reseptissä luki ja niiden loputtua hän kävi läpi suorastaan helvetilliset vieroitusoireet, mutta luonto ei antanut periksi myöntää että hän oli syönyt niitä enemmän kuin oli määrätty, saati sitten alkaa hankkimaan lisää lääkkeitä laittomasti. Sen sijaan hän makasi selkä poikki sängyn pohjalla, paleli ja hikoili, konttasi välillä vessaan ripuloimaan ja murtui henkisesti, mutta ei antanut periksi.

Ja saatuaan viimein reseptinsä uusittua, hän alkoi paitsi syömään lääkkeensä suunnilleen niin kuin ne oli määrätty, huomasi myös löytäneensä aivan uudenlaista ymmärrystä muita ihmisiä ja heidän ongelmiaan kohtaan. Neljästä päivää kohti määrätystä 20 mg Oxycontinista hän söi yleensä kolme ja säästi ylimääräiset pahan päivän varalle.

Tänään oli semmoinen kuuden kontin päivä.

Järvikylä puolestaan on reservin vänrikki ja potkunyrkkeilyn Suomenmestari, sataseitsemänkymmentä senttiä rautaista fysiikkaa ja ylivertaista henkistä suorituskykyä. Hänkin on kokenut oman osansa tappioita ja vastoinkäymisiä, mutta mikään ei ole ollut koskaan edes lähellä murtaa häntä, eikä häneltä irtoa huumoria, ymmärrystä tai kärsivällisyyttä, kun kyse on kansallisesta turvallisuudesta. Nyt hän oli yrittänyt useamman minuutin ajan tuloksetta saada luotua jonkinlaista keskusteluyhteyttä kuuromykältä vaikuttavan pyörätuolipotilaan kanssa huoneessa, joka muistutti ylisuurta siivouskomeroa, ja hänelle alkoi pikkuhiljaa piisaamaan.

-Vainio, lakatkaa esittämästä ja vastatkaa! Meillä on todistaja, joka kertoo keskustelleensa teidän kanssanne viimeksi muutama päivä sitten. Tässä on kyse koko maailman tulevaisuudesta ja teidän on itsennekin kannalta parempi puhua ennen kuin on liian myöhäistä. Mitä te olette valmistelleet? Protestia? Terrori-iskua?

-...

-Tämä voimala on ratkaisu suurimpaan osaan maailman ongelmista ja on nostanut Suomen koko maailman keskipisteeseen. Maailmankaikkeuden keskipisteeseen. Mitä teillä voi olla sitä vastaan?

-...

Järvikylä ravisteli vanhaa miestä olkapäistä ja tuijotti tätä silmiin, ei edelleenkään minkäänlaista vastausta tai reaktiota.

-Tekisi mieli lyödä avarilla. Sen verran vain, että näkisi säpsähtääkö hän. Tai tökätä neulalla, kai ne ovat jotakin testejä hänelle tehneet? Onhan tämä kyllä aika hyvä alibi, mutta kuka saa päähänsä esittää mykkää hullua?

-Ei tuo taida esittää, Kinnunen sanoi. -Pitäisikö koittaa tarjota sille purkkaa?

-Mitä?

-Mitä se lääkäri sanoi? Ehkä meidän pitää kysellä siltä vielä vähän tarkemmin, Kinnunen ehdotti ja kaivoi kuin kaivoikin taskustaan paketin Juicy Fruitia, jota tarjosi pokkana myös Vainiolle ennen kuin pisti purkan omaan suuhunsa. Järvikylälle hän ei uskaltanut tarjota toista kertaa, tämä oli kieltäytynyt aikaisemmin ja näytti nyt epäilevän, että koko paketti oli mukana ihan vain tätä hetkeä varten. He jättivät Vainion varastoon ja lähtivät tapaamaan psykiatrisen osaston ylilääkäri Risto Kyngästä.

Kyngäs istui toimistossaan ovi auki ja oli kaatanut jo kahvitkin valmiiksi kuppeihin. Hänen johtamansa osasto toimi hoitokodin ja terveyskeskuksen yhteydessä, ja sen lisäksi, että hän oli sen ylilääkäri, hän oli myös ainoa lääkäri. Voimalaprojekti oli pelastanut osaston viime metreillä lakkautusuhan alta, koska kunnanhallitus oli halunnut ehdottomasti säilyttää paikan johon pahimmat kylähullut sai tarvittaessa pikaisesti säilöön.

Ja rehellisyyden nimissä oli todettava, että niitä tällä kylällä riitti enemmän kuin omiksi tarpeiksi. Joku vääräleuka oli osaston kohtaloa pohdittaessa ehdottanut, että rakennettaisiin vain korkea aita koko kylän ympärille, ja vaikka Kyngäs pitikin tuota ehdotusta karkeana liioitteluna, oli hänen myönnettävä, että piili siinä kuitenkin totuuden siemen. Mutta eikö tuo nyt pitänyt paikkaansa kaikkien pienten paikkakuntien kohdalla, ja miksei vähän isompienkin.

Tarkemmin ajateltuna hän ei ollut tainnut koskaan tavata yhtään aivan täysipäistä ihmistä, lieneekö semmoista ollut edes olemassa. Nuokin kaksi kuulustelemassa katatoonikkoa siivousvälinevarastossa. Mahtaa siinä tuntea itsensä fiksuksi. Eivät sentään tuon pidemmäksi aikaa jääneet.

 -Minä melkein arvasin, ettette te siellä montaa minuuttia ole. Kyllä teitä on kusetettu, ei kukaan istu muuten vain 18 vuotta tuppisuuna pyörätuolissa.

 -18 vuotta? Miksi te ette sanoneet, että niin kauan? Järvikylä kysyi silminnähden turhautuneena. -Me oletimme, että hän on aloittanut aivan vasta tuon mykkäkoulun.

 -Ette te kysyneet. Käskitte puhelimessa viedä sen äkkiä erilleen muista ihmisistä ja marssitte suoraan kuulustelemaan, vaikka minä sanoin, ettei siitä ole mitään hyötyä. Piti lykätä se sinne varastoon, kun ei meillä ole täällä kuin yksi eristyshuone ja se oli jo käytössä.

 -Mikä häntä sitten vaivaa? Meillä on terrorismilakien nojalla oikeus saada kaikki potilastiedot, eli teidän ei tarvitse suotta huolehtia vaitiolovelvollisuudesta.

 -No kun ei me olla oikeastaan ihan varmoja. Fyysisesti siinä ei ole mitään vikaa, mutta ei vain reagoi mihinkään, ei edes mihinkään lääkkeisiin. Se oli hypännyt katolta ennen kuin päätyi tänne, mutta sillä oli varmaan jotakin aika pahasti vialla jo ennen sitä, kun se oli hypännyt kaksi kertaa.

 -Siis miten kaksi kertaa?

 -Niin naapuritalossa oli sattunut olemaan joku parvekkeella tupakalla ja nähnyt miten se oli hypännyt nelikerroksisen talon katolta alas. Molemmat jalat oli menneet poikki ja kantapäät hajonneet aivan atomeiksi. Sitten se oli ryöminyt palotikkaille ja hinannut jotenkin itsenä pelkillä käsillä takaisin katolle ja hypännyt uudelleen. Yrittänyt hypätä pää edellä sillä kertaa, mutta eihän se ollut niillä katkenneilla jaloilla saanut ponnistettua niin oli tippunut heti talon viereen kyljelleen kukkapenkkiin. Puoli metriä pidemmälle niin olisi osunut uudelleen asfaltille.

-Ei kai tuommoinen voi olla mahdollista.

-Ei kai sen pitäisi olla, mutta on silti. Naapuri oli ollut soittamassa hätänumeroon kun se lähti ryömimään ja oli kuvannut koko jutun.

-Eli väitättekö te nyt oikeasti, että hän hyppäsi kaksi kertaa katolta ja on istunut siitä asti aivokuolleena pyörätuolissa, mutta tuo hänen tilansa ei kuitenkaan johdu siitä, että hän hyppäsi katolta?

-Tämmöinen käsitys meillä on, eikä hän sitä paitsi ole aivokuollut. Aivokuvien mukaan potilaan päässä ei ole minkäänlaista rakenteellista vikaa ja siellä tapahtuu hyvinkin paljon asioita, mutta jostain syystä hän ei vain reagoi ympäröivään maailmaan mitenkään. Jalkojen lisäksi häneltä katkesivat kaikki kylkiluut ja toinen käsi, lantio murtui ja tuli aika paljon muitakin erilaisia vammoja, mutta jotenkin hän onnistui tippumaan niin ettei lyönyt päätään suoraan maahan tai murtanut selkänikamiaan. Olihan hän aluksi kipsattuna suunnilleen päästä varpaisiin, mutta kaikki vammat paranivat vuosia sitten. Tai paranivat ainakin niin, etteivät selitä hänen nykyistä tilaansa.

-Oletko täysin varma, ettei se pysty kommunikoimaan mitenkään? Kinnunen oli istunut hiljaa ja mässyttänyt purkkaa, mutta päätti nyt osallistua keskusteluun. -Sen silmissä on jotain karmivaa, näyttää siltä, että se saattaisi millä hetkellä hyvänsä sanoa jotakin.

-Luulin aluksi monta kertaa, että se olisi aivan justiinsa palaamassa tähän maailmaan, mutta kyllä se ilme on pysynyt ihan samana niin kauan kuin muistan.

-Käykö hänellä vieraita? Järvikylä kysyi.

-Eräs meidän entinen potilas on käynyt katsomassa sitä säännöllisesti siitä asti kun pääsi itse pois, ja taisivat tuntea toisensa jo ennen kuin kumpikaan joutui tänne. Esko Surström. Kertoo sille kaikenlaisia kuulumisia ja madaltaa välillä ääntäänkin niin kuin kertoisi jotain salaisuuksia. Naureskelee ja reagoi niin kuin kävisivät vuoropuhelua, mutta Vainio vain istuu kuin tonnin seteli. Vähän hullultahan semmoinen vaikuttaa mutta saattaa olla terapeuttista. Molemmille, jos toiseen suuntaan menee kumminkin jotain läpi. Siis jos se tajuaa mitä tapahtuu, vaikka ei pystykään reagoimaan, niin käyhän siinä aika pitkäksi. Itsekin koitan jutella mukavia, vaikka ei sille mitään varsinaista terapiaa ole yritetty antaa vuosiin.

-Kuinka kauan siitä on, kun Surström oli itse potilaana?

-Olisiko siitä vajaat viisi vuotta, ei se ollut meillä kuin muutaman viikon.

-Kävikö hän katsomassa Vainiota myös ennen kuin joutui itse tänne?

-Ei ainakaan minun tietääkseni. Ilmeisesti olivat olleet joskus kauan sitten jossain tekemisissä ja kun ei tuntenut täällä ketään niin alkoi istumaan sen vieressä ja pikkuhiljaa myös juttelemaan sille.

-Mikä häntä itseään sitten vaivasi?

-Oli tainnut lähinnä syödä liikaa sieniä, vaikka kyllä sillä oli jo ennestään historiaa mielenterveysongelmien kanssa, eli taisi olla muutenkin semmoisia taipumuksia. Todellisuus alkoi karkaamaan. Tarvitsi jonkun paikan, jossa vähän rauhoittua ja kasata itseään.

-Liittyykö tuo Vainionkin tila jotenkin huumeisiin?

-Ei ainakaan suoraan. Sen elimistöstä ei löytynyt merkkejä mistään päihteistä ja omaisten mukaan se oli ollut täysin raitis vuosikausia. Surströmin juttujen perusteella ne olivat kyllä vetäneet jotain yhdessä joskus kauan sitten ja jollakin tavalla se liittyi myös Surströmin sairastumiseen, mutta se oli niin sekava tullessaan osastolle, ettei niistä sen jutuista saanut kauhean loogista kuvaa ja myöhemmin se ei enää suostunut puhumaan koko asiasta.

-Kertoiko hän mitään muuta heidän yhteydestään? Ja mistä hän puhuu Vainiolle?

-Ei se sanonut muuta, kuin että olivat olleet kavereita, kun olivat nuorempia. Ja enimmäkseen se kertoo sille jotain aivan arkisia kuulumisia, mutta mistä lie puhuu silloin kuiskaillessaan. Aikaisemmin se puhui myös voimalasta lähes pakkomielteisesti, mutta lopetti sen yhtäkkiä kuin seinään. Siihenhän tämä liittyy? Avajaiset ovat huomenna ja te olette täällä etsimässä terroristia. En voi valitettavasti olla sen asian suhteen mitenkään avuksi. Vainio ei ollut ollut enää vuosikausiin osallisena tässä maailmassa ennen kuin koko voimalaa alettiin suunnittelemaan. Eikä minulla ole mitään käsitystä siitä mitä Surström on asiasta puhunut, jos on ylipäätään puhunut mitään.

-Valitettavasti emme voi kommentoida asiaa mitenkään, Järvikylä totesi nopeasti ja pomppasi saman tien ylös tuolista. -Kiitoksia teille joka tapauksessa avusta.

Kinnunen vääntäytyi virnuillen ylös omasta tuolistaan. -Hulluhan saa olla muttei tyhmä. En tiedä tultiinko tässä nyt hullua hurskaammaksi, mutta selvisi ainakin se, että meitä on vedetty kuin pässiä narussa. Kiitoksia Risto, sulla on varmaan muutakin tekemistä niin osataan tästä itsekkin pihalle.

-Surströmin kuulustelua pitää nyt miettiä aivan uudesta näkökulmasta, Kinnunen totesi viidentoista minuutin hiljaisuuden jälkeen matkalla sairaalasta takaisin poliisiasemalle.

-Tuotako olet miettinyt tämän koko ajan? Ja miten niin uudesta näkökulmasta? Hän on joko seinähullu tai valehdellut meille tahallaan, mutta joka tapauksessa me olemme haaskanneet puoli päivää hänen paskanjauhamisensa takia.

-Se saattaa hyvinkin olla noita molempia, ja toivottavasti onkin. Tämä on nyt vähän kuin tuplanegatiivinen. Jos on järjissään ja valehtelee, tai on hullu ja puhuu totta, niin tämä saattaa ollakin ajanhukkaa. Mutta jos on hullu ja vielä siihen lisäksi valehtelee niin tämä saattaa vaikka johtaakin johonkin.

-Tuo nyt kuulostaa vähän hullulta.

-Kyllä hullu hullun tuntee.

-Tiesitkö sinä missä tilassa tuo Vainio on? Etkä kertonut minulle mitään?

-En tiennyt. Jotain juttuja kuulin siitä vuosia sitten, mutta ei minulla ollut mitään käsitystä siitä missä kunnossa se nykyään on. Mutta jos joku suunnitelma on olemassa, niin Esko on sen itse keksinyt. Riippumatta siitä uskooko se oikeasti saavansa Vainiolta ohjeita vai ei. Ne sen silmät oli kyllä sen näköiset, että ei kai sitä tarvi kovin hullukaan olla että uskoo jotakin käskyjä saavansa.

-Minusta näytti heti kun me menimme sinne, ettei tuo mies ole kyllä yhtään minkään takana. Mutta sitten kun katsoin häntä silmiin, niin tuntui kuin hän olisi nauranut sisäisesti minun kustannuksellani. Ja mitä enemmän yritin kovistella, sitä enemmän hän tuntui nauravan.

-Jos tuijottaa liian kauan tyhjyyteen niin tyhjyys tuijottaa takaisin

-Vittuiletko sinä?

-Kunhan horisen. Aivan perkeleen painostavathan ne silmät kyllä oli. En tiedä miten tuon kanssa pystyy vuosia työskentelemään. Laittaisin itse sille paperipussin päähän, tai vähintään aurinkolasit.

Ensimmäinen kuulustelu

Edellisenä päivänä punaisiin kumisaappaisiin, pitkään turkkiin ja keltaiseen hellehattuun pukeutunut vanha nainen käveli sisään pohjoisen naapurikaupungin poliisilaitokselle ja hänen ja päivystäjän välillä käytiin seuraava keskustelu:

 -Minun naapuri aikoo räjjäytää sen voimalan ja on se teheny palijo muutaki. Huumeita käyttää ja tappanu ihimisiä. En minä sitä vakkoillu oo mutta sattunu kuulemaan ja näkkeehän siitä päälle. Ties mitä muutakin teheny. Ja kaiken näköstä porukkaa lamppaa. En minä mitenkään ennakkoluulonen oo ja saahan sitä jokkainen olla niin kuin haluaa mutta huligaaneja on kaikki. Oon vuosia eppäilly ja vähän kirjottanut muistiinkin ja tännään näin että kannabista sielä on. Ja haiseehan se. Oisin tullu jo aikasemmin mutta en ollu ihan varma ja eihän sitä sais nokkaansa muitten asioihin. Periskoopilla kurkistin ikkunasta niin kannabista oli. Lehesä oli kuva ja ihan samalta näytti. Kai te sen linnaan pistättä? Ihan mukava poika kai tuo muuten, ei oo pahhaa sannaa sanonu tai meteliä pitänyt mutta pittää se olla laki ja järjestys sama kaikille.

-Päivää rouva. Aloitetaanpa nyt ihan alusta. Eli te epäilette, että teidän naapurinne kasvattaa kannabista, on tappanut ihmisen ja suunnittelee jonkinlaista sabotaasia voimalaa vastaan? Kerrotteko ihan aluksi oman nimenne ja naapurin nimen?

-No Eskohan se on ja minä oon Irmeli. Vaikka mitäpä se minun nimi tähän kuuluu, ikinä en oo kannabista polttanu. Sitä voimalaa kyllä vastustan, mutta mistäpä tuosta tietää vaikka ois hyvä ollakki semmonen.

-Sukunimi?

-Surströmhän se on vaikka ei taija edes puhua ruotsia. Eikä puhunu sen isäkään, mistä lie senkin nimen keksineet. Minä oon Mehtälä. Sentään suomalainen nimi suomalaisella muorilla.

-Ja te siis olette nähneet, että tämä Surström kasvattaa kannabista?

-No näinhän minä ja otin kuvan vaikka vähän suttunen siitä tuli sen periskoopin kautta.

-Te salakuvasitte teidän naapurinne asuntoa?

-En varmasti. Ihan vain yhen kuvan otin niistä kasveista. Ikinä ennen en oo kuvannu kun eihän sinne toiseen kerrokseen meinaa nähä sisälle. Joskus koitin vavan nokkaan teipata kameran mutta ei siitä mittään tullu. Palijo parempi ku laittaa puhelimen äänitykselle, vaikka en minä sitäkään ku sillon ku sillä on vessan ovi kiinni. Sielä minä istun kun ensin kuulin että mitä ne oikein puhhuu sielä. Ei kai se mittään salakuuntelua oo jos istuu omasa vessasa.

-Mitä he sitten suunnittelevat?

-Mistä noista tietää, sekavia puhuvat enimmäkseen enkä minä kuullukkaan aluksi ihan kaikkia. Sitte hommasin kyllä kuulotorven. Jostakin Daamerista se selitti vaan minäpä tiiän että on sarijamurhaaja. Enkä minä sillä että itekkin on jos semmosesta puhhuu.

Mutta miten puhhuu. Kuuluu jotenkin ihhailevan sitä ja sano että ymmärtää nyt paremmin ku on itekkin tehnyt samalla lailla. Vaan enhän minä ees tiiä kenet on tappanut, vai onko tappanutkaan vai sanoko vaan. Vaan niinpä se sano. Kuka sitä nyt muuten vaan tuommosia.

-Mitä he siitä voimalasta puhuvat?

-Minulla on lista. Kirjotin kaikkien nimet ylös. Jotaki koodinimiä käyttävät. Sillä minä tiesinkin että jotaki salasia hommia. Hämärähommia niinku sanotaan. Enhän minä kaikkia oo kuullu, kukapa sitä naapureita kerkiäis kaiken päivää kyttäämään. Musiikkiaki soittavat aamusta iltaan niin ei meinaa saaha sannoista selevää. Suunnitelma on ja kehuvat että on hyvä suunnitelma. Ja kaikki valamista. Jotenki se niihin residentteihin liittyy, ja siihen voimalaan tietenki. Ei kai ne niitä sentään menis tappamaan. Ei kai sitä Suomesa oo semmosta ruukattu, vaikka onhan sitä muuallaki niin miksei meilläki. Ja jos nuo on ennenki tappaneet.

-Oletteko te nyt täysin varma, että he ovat nimenomaan suunnitelleet jotakin eivätkä muuten vain puhuneet, jos te ette ole kuulleet kaikkea?

-Vaan minäpä nauhotinki mitä puhuvat kun en meinannu kuulla. Aukaisivat ikkunan niin laitoin puhelimen äänittään, ongella nostin siihen ikkunalaualle. Palijo helepompi oli kuin sen periskoopin kans kolistelu. Sen se saatto huomata niin sillä sain vaan sen yhen kuvan. Mutta eipä huomanneet koko puhelinta. Se piru ei vaan nauhota ku minnuutin pätkiä ja akkuki loppu mutta kerkesin minä kuulla että jotaki suunnittelevat. Tai olin minä ennenki kuullu, ties kuin kauan on suunnitelleet. Vaan nytpä minä ne nappasin ihte teosta.

-Nauhoititteko te sen keskustelunkin tänään?

-Enhän minä ku viime viikolla. Ja oisinhan minä siitä tullu heti sanomaan mutta kun ei ollu kaupunkiin asiaa ja avajaisista puhuvat niin aattelin että mikäpä se kiire täsä on. Koitin kahtella että oisko näkyny niitä samoja poikia siinä niin jos oisin koittanu täyellä akulla uuelleen. Niin oisin voinu heti samalla kertua että mitä nuo meinaavat, mutta eipä niitä oo näkyny. Ja tännään sitten keksin sillä periskoopilla kurkistaa niin heti näin kannabiksen. Mitä lie kaikkia ois näkyny jos ois aikasemmin tajunnu. Vaikka mistä tuota tietää vaikka ois sattunu väärään aikaan kurkistaan eikä ois nähänyt mittään. Kiinni oisin vielä jäänyt ja joutunu ihtekki tapetuksi. Ei kai ne herranjumala tämmöstä vanahaa muoria sentään. Uskallankohan minä kotiakkaan mennä kun oon nyt teille kertonu tästä?

-Uskoisin sen kyllä olevan aivan turvallista. Missä te asutte?

-Pahajoellahan minä. Ikäni oon sielä asunu. Kyllä se on kotona ihimisen hyvä asua. Ja kotiseuvulla. Jos ei sitten kaiken maailman huligaaneja ja huumehörhöjä asu naapurisa. Vaikka eihän tuo huono naapuri oo ollut, en minä sillä. Enemmän kai se on tuo voimala ollu haitoiksi. Meteliä pitäneet yötä päivää ja kaiken purkaneet. Mökit ja mannut vieneet ihimisiltä ja mitä on saatu tilalle? Kaupunki koitettu tehä kylästä ja kerrostaloja ja kaikkia. Vaikka enhän minä mikkään kehityksenvastustaja oo. Enkä varmasti kannata minkäänlaista terrorismia.

-Mikä se teidän naapurinne tarkka osoite on?

-Vainiontie seittemän ja asunto kaheksan. Niillä on salanen koputuski millä pääsevät sissään. Kop kop-kopkokop kopkop. Totta se teijäkki sillä päästää. Se on semmonen vanaha talo, minä oon kohta kolome-kymmentä vuotta siinä alakerrasa asunut. Ihan hyvä talo se on. Sen verran syrijäsä ettei oo edes purettu vaikka siitä kylältähän ne on kaiken laittaneet uu-siksi.

-Katsotaanko sitten vähän sitä teidän puhelintanne?

Irmeli kaivoi taskustaan ainakin 20 vuotta vanhan Nokian puhelimen ja avasi kahden tuuman näytölle VGA kameralla otetun kuvan, joka vastasi tarkkuu-deltaan suunnilleen Isojalasta ja lentävistä lautasista napattuja otoksia.

-Voisihan tuossa tietenkin joku kasvatuslamppu nä-kyä, mutta voisi olla ihan vain seinälamppukin. Sii-näkö on teidän naapurinne kannabiskasvin kanssa?

-No siinä, kyllä minä sen näin paremmin palijaalla si-limällä. Tai siis sillä periskoopilla. Tuommosia kai ne on turvakameran kuvakki ja silti otatta rosvoja kiinni. Tietokonneella tarkennatta niin itekki näättä. Tai meettä kahtomaan. En minä mikkään höperö oo.

-Enhän minä sillä. Tämä kuva vain nyt on sen verran epätarkka, että siitä on vaikea sanoa mitä se esittää. Mutta toki me uskomme, jos te kerrotte nähneenne kannabista, ja selvitämme asian.

-Minäpä soitan sen nauhan niin kuulet itekki etten minä muuten vain höpise. Oli minulla näitä vaikka kuin monta vaikko ei tuohon puhelimmeen mahu. Poistaa piti että sai tuon kuvankin otettua mutta kyllä minä nämä parraat kumminkin säästin niin älä siitä huoli.

Kuului kevyttä särinää ja *Never gonna give you up* alkoi soimaan naurun saattelemana. Pienen hetken päivystäjä ehtii jo kuvitella joutuneensa maailman omituisimman Rickrollauksen uhriksi, mutta sitten musiikin yli alkoi kuulumaan miehen ääni.
"Oispa mahtava olla näkemässä kun Nokkonen, Dump ja Ivanov huomaavat mitä on tapahtunut.. Siinä vaiheessa niiden on jo aivan liian myöhäistä tehdä mitään asialle.. naurua.. En ois kyllä vuosi sitten uskonut että .."
Nauhoitus loppui ja Irmeli tuijotti tärkeän näköisenä päivystäjää, joka vaikutti vielä vähän epäileväiseltä.
-Kuunnellaanpa seuraava
"..on jo läpäissyt turvaselvityksen eikä pitäisi olla enää mitään ongelmaa. Enkä usko että ne edes ottaisi tämmöistä mahdollisuutta huomioon niin tuskin ne alkaa mitään enää uudelleen tarkastamaan.. Tästä voi kyllä seurata aivan mitä hyvänsä, mutta hyvä on olla vähän jännitystä elämässä.. Ties vaikka..."
Tässä vaiheessa päivystäjä oli jo sen verran vakuuttunut, että viittasi vain hermostuneesti kädellään soittamaan seuraavan nauhoituksen.
"..tietenkään.. Ukkosmyrskyn pellet pitävät kyllä meteliä mutta niistä on enemmän haittaa kuin hyötyä.. Näkyvyyden kannalta on paras aika iskeä silloin kun presidenteillä on tiedotustilaisuus. Siellä on koko maailman mediat paikalla. Ne on niin..."
-Minä säästin parhaan viimeseksi. Tai on noita vielä pari mutta ei niisä oo mittään tolokkua. Tuo

ukkosmyrsky on joku anarkistiporukka, minä le-
hestä luin. Aina ovat josaki riehumasa ja hajotta-
masa paikkoja. Mitä? Haluakko kuulla lopukki? No
minäpä soitan.

”.. ole näkemässä tätä... Tai mistä tuota tietää, vaikka
olisikin. Käyn lauantaina ja kerron että kaikki on
mennyt niin kuin pitikin...”

-Ja sitte viimenen vielä.

”.. Ei meidän tarvikkaan tietää. Pääasia että tehdään
ja sitten nähdään.. Tämä on osa sen suurta visiota..”.

-Minusta tuntuu että niille antaa joku käskyjä. Muul-
lonki on siitä puhuneet. Mutta sillon ne puhu siitä
Daamerista ja mitä käskyjä se antas kun on amerik-
kalainen. Ja kuollukki ollu kymmeniä vuosia. Mutta
pirustako nuo sitte puhhuu? Ja miten ne ossaa tehä
jos eivät itekkään tiiä mitä tekevät?

-Sanoitteko te, että teillä oli myös joku nimilista tä-
hän asian liittyvistä henkilöistä?

-No liittyvistä ja liittyvistä. Mistäpä tuota tietää mi-
hin kukanenkin liittyy. Mutta oon minä laittanu ylös
niitä nimiä mitä oon usiampaan kertaan kuullu.
Paitsi ettei ne oo nimiä kun ne on niitä salanimiä.
Mutta kyllä kai ne joku tietää ketä nämä on. Oon
minä nähänykki muutaman mutta en kyllä tiiä että
kuka on kuka että jos tunnistaa pitäs. Tänne minä
sen puhelimmeen tallensin viestinä kun se paperinen
meni aina hukkaan ja tähän oli muutenki katolla he-
lepompi kirjottaa. Joskus koitin että jos sinne kuulus
paremmin mutta kyllähän ne perkeleet kuuli kun
sielä kolistelin. Tipahtaa meinasin ja piti keksiä että
muka antennia säätämäsä. Täsähän nämä on viestinä
kaikki niin jos numeron annat niin minä voin kyllä

lähettää. Ja voin kuvan ja äänetki laittaa mutta tätä puhelinta et saa. Kyyti pittää soittaa ja mitäpä sinä tällä muutenkaan minun puhelimella, totta teillä on työn puolesta omat ja paremmat. Vai minä oon tähän niin tottunu että en vaiha uuteen. Kahta en vaiha. Puhelinta ja kalsareita. Vaikka joutuu kai nuita oikiasti molempia välillä. Kalsareita usiammin niin älä suotta näytä tuommosta naamaa ja annappa se numero. Äläkä sano vaan näytä niin ossaan näpytellä. Enkä minä sitä tallenna niin ei tatvi sitä pelätä. Mitäpä minä polliisin numerolla kun on tämäki asia kohta selevä.

Päivystäjä antoi Irmelille numeron, johon tämä alkoi lähettämään tiedostoja jatkaen samalla loputonta sanatulvaansa, mutta päivystäjän ajatukset olivat jo muualla. Tämä nainen oli selvästi, jos ei nyt hullu, niin ainakin vähän seniili, mutta todisteiden perusteella hän vaikutti joka tapauksessa olevan jonkin jäljillä. Eihän noita laittomasti nauhoitettuja keskusteluja voisi todisteena käyttää, mutta harrastihan poliisikin jatkuvasti laitonta kuuntelua, eikä se mitenkään kiellettyä ollut, kunhan ei jäänyt kiinni. Nyt äkkiä vain mummo pihalle ja kertomaan tästä Himaselle. Kiire tulee perkele selvittää kaikki, jos tässä on jotain perää. Kai tämä Supollekin kuuluu. Vai olisivatkohan nuo jo muutenkin perillä, kai ne aika tarkkaan ihmisiä kyttäävät.

-No niin sinne lähti viimenen ja niin lähen minäkin. Niinku kuppa Töölöstä. Ja liikun niinku mummo hangesa. Vaikka en oo kyllä ikinä käyny töölösä eikä tuola oo palijo luntakaan. Kumisaappailla tarkenee ja aurinko paistaa. Ihimeellisiä nämä kelit nykyään kun ei tiiä onko kevät vai syksy.

-Oikein paljon kiitoksia teille rouva ja hyvää päivänjatkoa.

-Viinakaupasa meen täsä käymään kun kerran kaupungisa oon. En minä mikkään juoppo oo mutta kai täsä nyt on pikku ryypyn ansainnu. Ja verenkierrollekki kuulemma tekkee hyvvää. Kunhan ei liikaa juo. Enkä minä juokkaan. Vähän vaan iltasin ja viikonloppusin. Mutta kannabista en polta eikä oo ikinä kuppaakaan ollu.

Puolen tunnin kuluttua rikosylikomisario Heikki Himasen toimistossa olivat hänen lisäkseen koolla Rikosylitarkastaja Jani Hatanpää ja Rikosylikonstaapeli Raimo Peltomäki.

Himasen nimi oli sekä paikallisen alamaailman että myös joidenkin työkavereiden suussa vääntynyt Himmleriksi, eikä tämä johtunut ainoastaan siitä, että hän olisi vain pienet viikset kasvattamalla muistuttanut esikuvaansa aika tavalla myös ulkoisesti. Hänen toimintatapojensa vertaaminen Natsi-Saksan salaiseen valtionpoliisiin oli tietenkin aika tavalla liioiteltua ja siihen sisältyi myös aimo annos huumoria, mutta häntä tuo vertaus ei olisi naurattanut vähimmässäkään määrin. Itseasiassa hän ei nauranut tai edes hymyillyt koskaan työaikana, ja vapaallakin harvemmin kuin kerran viikossa.

Hatanpäällä sen sijaan oli jatkuvasti kasvoillaan ujo, joskin hetkittäin myös vähän vittumainen hymyntapainen, eikä hän varsinaisesti näyttänyt kovin uskottavalta poliisilta. Hän oli niin hintelä, että olisi tuskin saanut otettua kiinni myymälävarkaudesta napattua teinityttöä, ja hänen aina sileät poskensa vaikuttivat olevan seurausta pikemminkin kasvojen kuivaamisesta liian karhealla pyyhkeellä kuin säännöllisestä parranajosta. Mutta eipä hänen toisaalta tarvinnut koskaan asemalta poistuakaan, hänen älynsä ja kykynsä pyöritellä pykäliä ja papereita yhdistettynä joustavaan moraaliin tekivät hänestä Himaselle lähes korvaamattoman.

Peltomäki taas erosi Hatanpäästä kuin yö päivästä. Lähes kaksi metriä raavasta miestä, joka ei koskaan pelännyt liata käsiään, kun kyse oli todisteiden hankkimisesta tai epäiltyjen kovistelusta. Ja sen mitä häneltä puuttui älyssä, hän korvasi tinkimättömällä asenteella. Korvattavaa oli kuitenkin sen verran reilusti, ettei mikään määrä asennetta aina riittänyt, ja hänet Himanen olisi saattanut vaihtaakin johonkin vähemmän fyysiseen ja yksinkertaiseen, paremmin nykyaikaan sopivaan. Mutta valitettavasti sopivan korvaajan etsimisestä ei voinut ilmoittaa noin vain kahvihuoneen seinällä tai poliisien keskusteluryhmässä.

Rikollisille oli niin sanotussa oikeusvaltiossa annettu jo turhankin paljon oikeuksia, ja jos poliisi vielä sen lisäksi toimi joka asiassa täysin pykälien mukaan, teki se työstä aivan suotta tarpeettoman hankalaa. Ikävä kyllä läheskään kaikki eivät jakaneet tätä heidän käsitystään, ja sen joutuikin useimmiten pitämään omana tietonaan.

Lakien rikkominen tai pykälien kiertäminen ei tietenkään saanut olla mikään itsetarkoitus, mutta oli täysin hyväksyttyä silloin kun se palveli suurempaa päämäärää. Ja kun oli kyse rehellisten kunnon ihmisten suojelemisesta heikommalta ainekselta, kaikki kolme miestä olivat sitä mieltä, että tarkoitus pyhitti keinot. Nyt heillä oli käsissään juttu, joka vaatisi jokaisen työpanosta.

-Minä ilmoitin jo Supolle ja ne lähettävät meille jonkun avustamaan kuulusteluissa, Himanen sanoi. - Mutta meidän pitää hakea se koppiin kasvatuksesta epäiltynä. Hatanpää selvittää kaikki pykälät niin ettei tule mitään paskaa taas muka laittomista pakkokeinoista.

-Paras olisi tietenkin, jos sieltä sen asunnosta löytyisi jotain raskauttavaa. Mutta voidaan tarvittaessa soittaa sille ne nauhoitukset ja antaa ymmärtää, että joku sen vieraista nauhoitti ne ja on jo tunnustanut. Helpottaisi jos tiedettäisiin oikeita nimiä, mutta tämmöiset tapaukset voi kyllä sopia syyttäjän kanssa. Eli kunhan ette nyt ala hakkaamaan siitä tunnustusta niin kaikki saadaan kyllä näyttämään lailliselta, Hatanpää sanoi ja näytti siltä, ettei tunnustuksen ulos hakkaaminen häiritsisi häntä itseään mitenkään.

Ajatus joko itse hakkaamisesta, tai mahdollisesti siitä miten sen saisi näyttämään lailliselta, vaikutti itse asiassa innostavan häntä jopa Peltomäen mielestä suorastaan häiritsevän paljon. Hän itse hyväksyi ajoittaisen väkivallan käytön työnsä hoitamisen kannalta välttämättömänä pahana, mutta tuo rääpäle tuntui nauttivan sen ajatuksesta jotenkin perverssillä tavalla.

-Hyvä hyvä, Himanen sanoi. -Ota Raimo pari konstaapelia kaveriksi ja haette sen Surströmin koppiin. Puhelimen perusteella sen pitäisi olla kotona. Ja vaikka sieltä ei mitään löytyisikään niin tuotte sen vain tänne ja kyllä me jokin syyte keksitään. Otat varmuuden vuoksi liuskan Subutexia mukaan ja löydät sen sitten jostain sopivasta välistä. Sohvasta vaikka, kyllähän sinä tiedät. Niin että se olisi voinut muka tippua joltain sen kaverilta niin ei ala liikaa pullikoimaan. Kyllähän noilla hörhöillä käy kaikilla aina muutama semmoinen tyyppi kylässä. Ja sen listan perusteella vaikuttaa tuntevan suunnilleen puolet koko kylän nisteistä.

-Joo kyllä sitä aina yks mies putkaan saadaan, Peltomäki sanoi. -Ja onhan tuo aikakin. Olen vuosia epäillyt, että on se johonkin osallisena, mutta on pitänyt niin matalaa profiilia, ettei ole voinut oikein puuttua.

-No niin, ei muuta kuin pistätte menoksi, Himanen sanoi. -Supo ei tiennyt koko asiasta mitään, eikä noiden äänitysten perusteella ottaneet vielä asiaa kauhean vakavasti niin sieltä lähetetään tänne joku vasta aamuksi. Ties vaikka saataisiin ratkaistua koko juttu valmiiksi.

Seuraavana aamuna Himasen toimistossa olivat hänen lisäkseen paikalla Kinnunen ja Järvikylä. Kinnunen oli hälytetty töihin kesken vapaan ja Järvikylä oli lentänyt yöllä Helsingistä. Kello oli viisi minuuttia yli seitsemän, eikä juttua oltu ratkaistua valmiiksi.

Kaikki joivat mustaa kahvia ja Kinnunen ahtoi napaansa kyynärvarren mittaista munkkipossua. Esittelyjen jälkeen Himanen piti tilannekatsauksen.

-Epäilty on Esko Surström. Hänen asuntoonsa tehtiin eilen kotietsintä ja sieltä löydettiin kolme kannabiskasvia ja seitsemän Subutex-tablettia, mikä oli pidätyksen virallinen syy. Lisäksi meillä on syytä epäillä, että hän on osallisena suunnitelmassa, jonka tarkoituksena on iskeä joko presidenttejä tai voimalaa vastaan avajaisten yhteydessä ja tämä on pidätyksen varsinainen syy. Meillä on viisi lyhyttä nauhoitusta, joissa kuuluu osia keskustelusta, jossa vaikutetaan puhuvan tuosta iskusta, mutta ilman kontekstia on mahdotonta sanoa, onko kyse kuinka vakavasta, tai edes todellisesta uhasta. Kyse voisi olla myös huumeveikkojen vitsailusta. Lisäksi meillä on todistajana naapuri, jonka mukaan keskustelussa on kyse juuri siitä miltä se kuulostaakin. Valitettavasti naapuri alkaa olemaan kohta kahdeksankymmenen ja hänen henkistä suorituskykyään voi pitää vähintäänkin kyseenalaisena.

Järvikylä on paikalla siksi, että kuulusteluvastuu siirtyy Supolle, kun kyseessä on rikosepäily, joka liittyy kansalliseen turvallisuuteen. Surström ilmoitti eilen, ettei halua asianajajaa, mutta sanoi myös, ettei puhu sanaakaan, jos Kinnunen ei ole paikalla. Ja on istunut siitä asti hiljaa. Oli kuulemma näyttänyt jo välillä siltä, että meinasi murtua, mutta oli jotenkin onnistunut silti pitämään suunsa kiinni. Kuunnellaan..

Kinnuselta pääsi pieru ja hän nousi ylös tuolista.

-Nyt alkoi tämä kahvi kyllä kiertämään niin paljon mahassa, että on pakko mennä vessaan, mutta käydäänpä sitten kysymässä mitä sillä on minulle asiaa.

-Osaatko yhtään sanoa miksi hän haluaa nimenomaan sinut kuulustelijaksi? Järvikylä kysyi ja nousi myös ylös pysyäkseen ovea kohti hivuttautuvan Kinnusen perässä.

-Eiköhän tuo kohta selviä. Voi kyllä muuttaa vielä mielensä, jos en mene tästä ihan justiinsa päästämään saukkoa uimaan valkoiseen lampeen.

-Oikein hurmaavaa Kari, Himanen sanoi. -Kiitokset tästä mielikuvasta. Mutta tässä kai tämä sitten oli. Järvikylällä on varmaan ollut aikainen herätys niin hae lisää kahvia jos haluat ja minä käsken viemään Surströmin kuulusteluhuoneeseen. Tässä on vielä tämä kotietsintäpöytäkirja ja jonkinlainen yhteenveto sen todistajan kertomuksesta niin voit vilkaista niitä sillä välin kun odottelet Kinnusta takaisin. Lähetän ne äänitteet sen puhelimeen.

Kinnunen marssi vessaan tyhjän kahvihuoneen kautta ja nappasi mukaansa kaksi ruokalusikkaa ja lautasliinan, jotka piilotti takintaskuunsa. Vessassa hän istui perimmäiseen koppiin jossa oli oma lavuaari, laski housunsa ja istui pöntölle. Vessa vaikutti tyhjältä, mutta hän piereskeli varmuuden vuoksi äänekkäästi asetellessaan lusikat lavuaarin laidalle ja kaivoi sitten lompakkonsa kolikkotaskusta esille kaksi pientä vaaleanpunaista tablettia, jotka laittoi suuhunsa. Seteliosastolta hän otti esille viisikymppisen, jonka rullasi valmiiksi ja asetti lusikoiden viereen. Hän otti suustaan toisen tabletin ja huomasi tyytyväisenä sen muuttuneen valkoiseksi kaiken väriaineen liuettua pois sen pinnalta. Hän kääri tabletin lautasliinan sisälle kuivumaan ja päätti nokittamisen sijaan nielaista sen, joka hänellä oli vielä suussaan.

Paineltuaan tabletin lautasliinan välissä kuivaksi hän asetti sen toisen lusikan päälle ja murskasi tabletin varovasti toisella lusikalla. Liian nopeasti ja väärässä kulmassa painamalla osa tabletista lensi ulos lusikasta ja parasta olikin käyttää kevyesti pyörivää liikettä ja pitää lusikkaa reittään vasten. Saatuaan tabletin jauhettua riittävän hienojakoiseksi, hän asetti alemman lusikan takaisin lavuaarin laidalle, rapsutti varovasti irti ylempään lusikkaan tarttuneen jauheen ja teki lopuksi sen kärjellä alempaan lusikkaan sopivan levyisen viivan, jonka nuuskasi nenäänsä rullatulla viidenkymmenen euron setelillä kuunneltuaan ensin hetkisen ja varmistuttuaan siitä, ettei vessassa ollut ketään muuta, ja laitettuaan vielä varmuuden vuoksi hanan valumaan. Sitten hän laittoi viisikymppisen takaisin lompakkoonsa, huuhteli lusikat ja pyyhki perseensä.

Viidentoista minuutin kuluttua Kinnunen hiippaili takaisin kahvihuoneeseen, josta löysi Järvikylän tutkimassa papereita. Hän otti vielä kupin kahvia ja livautti ruokalusikat takaisin kuivaustelineeseen samalla kun otti teelusikan.

-Et halua tietää miksi meni näin kauan. Toivottavasti ei käynyt aika pitkäksi.

-Ei käynyt, ehdinpähän lukea tämän kotietsintäpöytäkirjan ja todistajan kertomuksen rauhassa läpi. Mutta muuten meillä ei kyllä ole kauheasti aikaa haaskattavaksi.

-Hyvä vaan että on saanut hetken yksinään istua ja ihmetellä, se on toivottavasti jo sen verran hermostunut odotellessa, ettei malta pitää turpaansa kiinni.

-Mistä te tunnette toisenne? Eihän hän muuten vain olisi sinua halunnut kuulustelijaksi.

-Oltiin koko peruskoulu samalla luokalla. Mutta ei me olla oltu enää aikuisena missään tekemisissä. Esko alkoi vetämään aineita samoihin aikoihin kun minä pääsin poliisikouluun niin siinä kasvettiin aika luontaisesti erilleen. Muutaman hassun kerran on oltu reilun kahdenkymmenen vuoden aikana tekemisissä ja enimmäkseen työn puolesta. Ihan asiallinen tyyppi kai tuo silti on eikä sillä ole vuosikausiin ollut mitään juttuja.

-Mitä nyt vähän Subutexia ja terrorismia.

-Niin no jos niitä ei lasketa.

-Kuunnellaanko vielä ne nauhat ennen kuin mennään?

-Minä jättäisin niiden kuuntelemisen mieluummin vähän myöhemmäksi. Kai niistä oli jonkinlainen kuvaus tuossa yhteenvedossa. Tykkään itse mennä tilanteeseen mahdollisemman avoimella mielellä. Joku voisi tietenkin väittää, että takki auki. Mutta monesti parempi kun antaa kuulusteltavan itse kertoa eikä yritä johdatella sitä mihinkään. Meillä on sitten ne nauhat vähän kuin ässänä hihassa, jos tämä ei ala muuten tästä eteneen.

-Minun mielestäni huolellinen valmistautuminen on kaiken a ja o, mutta sinähän hänet tunnet, eli mennään nyt sitten katsomaan kuinka malttamattomana hän odottaa pääsevänsä puhumaan.

Kinnusen ja Järvikylän astuessa sisään kuulusteluhuoneeseen Esko Surström ei vaikuttanut vähimmässäkään määrin hermostuneelta. Hän oli siirtänyt tietokoneen pöydän sivuun ja istui itse sen keskellä lootusasennossa silmät kiinni. Hänellä oli olkapäille asti ulottuvat vaaleanruskeat, luonnonkiharat hiukset ja pitkä parta, ja hän oli pukeutunut ruudulliseen flanellipyjamaan, joka oli napaan asti auki paljasten hoikan ja jäntevän vartalon.

Surström näytti ainakin kymmenen vuotta Kinnusta nuoremmalta ja tervehti tätä ystävällisesti hymyillen ennen kuin avasi silmänsä ja kysyi, kuka oli tuo hurmaava nuori nainen, joka hänellä oli ilo ja kunnia tavata.

-Minä olen Sanna Järvikylä Suojelupoliisista, olkaa hyvä tulkaa alas siltä pöydältä.

Surström nojasi eteenpäin ja punnersi itsensä käsiensä varaan, suoristi jalkansa taaksepäin ja laskeutui pöydän takana olevalle tuolille yhdellä sulavalla liikkeellä. Sitten hän virnisti leveästi silminnähden ylpeänä tempustaan ja kehotti vieraita käymään peremmälle ja istumaan.

-Minä arvasin, että olet suposta. On ollut eilisestä asti aika miettiä ja heti kun se gorilla oli löytävinään subua minun kämpiltäni niin tiesin, että tässä on kyse jostain aivan muusta. Tai siis tiesinhän minä tietenkin senkin, että mistä. Teitä varmaan kiinnostaisi aivan kauheasti tietää mitä me olemme suunnitelleet. Suorastaan kutkuttaa. Sen verran voin kertoa heti alkuun, että huutaminen ja kovistelu eivät auta. Se yritti sitä eilen ja sai vain itsensä psyykattua semmoisen raivon valtaan, että soitti ne nauhat. Vähän liian aikaisessa vaiheessa jos minulta kysytään. Nauratti aivan älyttömästi, mutta yritin pysyä pokkana, ettei sille olisi tullut paha mieli. Irmelihän ne on nauhoittanut? Mukava muori, mutta aivan perkeleen utelias. Hyvä ettei tippunut katolta yksi päivä, kun oli muka antennia säätämässä, vaikka meillekin vedettiin jo toissa kesänä kaapeli-tv samalla kun ne laittoivat sen keskustan uusiksi. Minun nähdäkseni tässä on nyt semmoinen tilanne, että teillä on hyvin niukasti mitään todisteita ja niistäkin suurin osa laittomasti hankittuja. Ja kovin vähän aikaa saada selville se mitä te haluatte tietää, mutta sillä tavalla teillä kävi nyt hyvä tuuri, että ihan mielellään kai minä voin teidän kanssanne jutella, vaikka tuo teidän auktoriteettiasemanne onkin mielestäni lähinnä kuvitteellinen.

Surström puhui rauhallisen pehmeällä ja samettisella äänellä katsoen Kinnusta ja Järvikylää vuorotellen silmiin hymyillen samalla lämpimästi, mikä sai nämä hetkeksi sangen hämilleen. Lähes mikään tässä tilanteessa ei ollut niin kuin he olivat odottaneet. Valmistautuminen vaikutti kuitenkin ehkä hieman yllättäen olevan parempi lähestymistapa kuin tilanteeseen takki auki tuleminen, tai ainakin Järvikylä sai itsensä kasattua nopeammin.

-Oliko hän myös löytävinään kannabista vai olivatko
ne kuitenkin sinun omia kasvejasi? Ei kuulosta muu-
tenkaan uskottavalta, että poliisi toisi epäillyn asun-
toon huumeita. Ja vielä vähemmän, kun niitä on
siellä muutenkin kasvamassa.

-Vaatii aika paljon pokkaa alkaa puhumaan noin
yleistäen huumeista, kun itse istuu siinä kahvikuppi
kädessä ja toinen on niin opiaateissaan, että menisi
pupillit hukkaan, jos eivät olisi silmissä kiinni. Äläkä
näytä heti noin epäuskoiselta, Karilla on varmasti re-
septi tai eihän se nyt muuten kehtaisi tuon näköisenä
töihin tulla. Mitä kuuluu, taitaa olla jokunen vuosi
kun on viimeksi nähty?

-Ei kai tässä kurjuutta kummempaa, Kinnunen vas-
tasi hymyillen. -Sinun takia hälyttivät vapaalta töihin
niin älä jaksa heti näin aamusta alkaa jauhamaan
paskaa.

-Olet tainnut vähän lihoakin sitten viime näkemän.
Opiaatitko ne turvottaa? Eihän tuo oikeasti minulle
kuulu, toivottavasti ei ole mitään vakavaa. Mutta niin
sitä piti sanomani ennen kuin te aloitte höpöttä-
mään, että minä en käytä huumeita. Eli ei olleet mi-
nun ne subut, eikä minulla ainakaan tietääkseni käy
kylässäkään ketään, joka käyttäisi. Ja sitten on tie-
tenkin vielä se, että olin juuri eilen siivonnut ja käyt-
tänyt sohvatyynytkin pihalla, eli olisin varmasti huo-
mannut sen levyn, jos se olisi ollut siellä aikaisem-
min. Mutta tehän ette kumpikaan olleet paikalla ja
tämä menee nyt muutenkin vähän asian vierestä.

-Jos sinä et käytä huumeita, niin mitä varten kasva-
tat kannabista? Järvikylä kysyi.

-Tehdäänpä nyt vielä selväksi ero erilaisten huumeiden ja niiden käyttötarkoitusten välillä, koska te tunnutte nyt sekoittavan minut siihen porukkaan, joka haluaa vain saada päänsä sekaisin ja vetää mitä milloinkin on tarjolla. En ala missään nimessä syyllistämään noita ihmisiä heidän ongelmistaan, ja täytyy rehellisyyden nimessä tunnustaa, että kuuluin itsekin nuorempana aivan samaan porukkaan. Tiedättekö muuten mikä on vielä nolompaa kuin wannabe gangsterit, jotka vetävät viikonloppuisin piriä ja pillereitä ja menevät sitten maanantai aamuna vähin äänin tehtaalle töihin? Ne, jotka vetävät joka päivä eivätkä edes mene sinne tehtaalle. Minä kuuluin itse noihin jälkimmäisiin.

Viihdekäyttö on tietenkin asia erikseen. Jos joku ottaa mieluummin vaikka essoja kuin viinaa ja käyttäytyy asiallisesti, niin mitäpä tuo kenellekään kuuluu. Tai pakkoko tuo on niin asiallisestikaan käyttäytyä, kunhan ei tee kenellekään mitään pahaa.

Yksikin kaveri oli joskus parikymmentä vuotta sitten aivan uskomattoman perso kaikelle ja pyrki aina saamaan välittömästi niin maksimaalisen olotilan kuin suinkin mahdollista. Niihin aikoihin oli liikkeellä semmoisia aivan suhteettoman vahvoja isoja sinisiä essoja ja se osti niitä kaksi tyypiltä, joka ei tiennyt mitään tästä sen taipumuksesta. Myyjä ehti vain pistää rahat lompakkoonsa ennen kuin muisti sanoa, että kannattaa ottaa vain puolikas kerrallaan, kun ne on niin äkäisiä, mutta se kaveri oli jo ehtinyt syömään sillä välin molemmat. Eikä siinä vielä kaikki. Se ei malttanut odottaa puolta tuntia, että ne olisi alkaneet vaikuttamaan, vaan hommasi kyydin ja kävi juomassa odotellessa varmaan ainakin puolenkymmentä shottia, jotka humahtivat sitten kotimatkalla yhtä aika niiden essojen kanssa päähän ja se potki kuskin autosta mankan rikki kun yritti tanssia. Mutta ei se ollut mitenkään huono ihminen tai tarkoittanut mitään pahaa, ylilyöntejähän sattuu välillä kaikille ja se osti kyllä uuden mankan tilalle seuraavalla viikolla.

Mutta minä tarkoitin siis niitä tyyppejä, jotka kertovat ylpeillen väkivaltajuttuja ja tekevät pikkurikoksia, välillä vähän tökkivät toisiaan puukoilla ja sitten ovat taas seuraavalla viikolla kavereita, kun toinen löytää jostain hyviä huumeita ja toinen haluaa päästä osingoille. Hyvin surullinen tapa viettää elämänsä. Vaikka eihän sitä tietenkään silloin näe. Tai no näkee jollain tavalla, mutta kun on itse sen kuplan sisällä niin maailma näyttää hyvin erilaiselta. Perspektiivi ja arvot muuttuvat aivan huomaamatta ja se imee sisälleen ennen kuin sitä oikein edes tajuaa ja ulos löytäminen on hyvin vaikeaa, jos ei jopa mahdotonta.

Ja jos siihen yrittää hakea apua, niin päätyy todennäköisesti korvaushoitoon, jossa saa roikkua löysässä hirressä ja vetää luvan kanssa mahdollisesti jopa täysin samoja aineita, joihin jäi alun perin koukkuun. Ja koska seuloja on niin helppo kiertää, riittää kun on suunnilleen yhden päivän viikossa vetämättä mitään ylimääräistä, jota melkein kaikki kumminkin vetävät, koska heidät pidetään tilassa, jossa he joutuvat säätelemään tunnetilojaan erilaisilla kemikaaleilla.

Pohjimmiltaan lienee kuitenkin kyse luonteen heikkoudesta, syyn etsimisestä kaikkialta muualta paitsi itsestä ja uhriutumisesta, missä saattaa monesti kyllä ollakin totta toinen puoli. Jokaisen minun tuntemani narkomaanin lapsuudesta löytyy tapahtumia, joilla on aivan suora yhteys heidän myöhempiin ongelmiinsa. Ja jos vanhemmat sanovat, etteivät he ole mitenkään vastuussa, niin he ovat todennäköisesti se suurin syy.

Älkääkä nyt käsittäkö väärin, tarkoitan syy niin kuin syy-seuraussuhde, enkä sitä, että niitä vanhempia tulisi syyllistää. Mutta jos on sitä mieltä, ettei ole millään muotoa vastuussa siitä minkälaisen lapsen on kasvattanut, niin eikö se osoita juuri sellaista emotionaalista kyvyttömyyttä ottaa vastuuta omien tekojensa seurauksista, joka altistaa päihdeongelmille? Ja vaikka heillä ei itsellään olisikaan juuri samanlaisia ongelmia, niin he ovat kuitenkin siirtäneet oman kyvyttömyytensä seuraavalle sukupolvelle, jonka elämässä tuo kyvyttömyys ilmenee päihdeongelmana, joka ei itsessään ole syy vaan seuraus. Mutta tietenkin he ovat taas perineet sen omilta vanhemmiltaan ja niin edelleen, eikä syyllisten hakeminen tai syyttely ole millään muotoa rakentavaa, vaan pikemminkin päinvastoin. Vasta kun kykenee päästämään irti syyttelystä ja syyllisyydestä, niin omastaan kuin muidenkin, voi alkaa ottamaan aidosti vastuun omasta elämästään.

Minä sain onneksi tehtyä sen jumalan avulla jo vuosia sitten.

Nykyään kasvatan tuommoista itselleni soveltuvaa kannabislajiketta, että tiedän varmasti mitä se sisältää. En myy sitä kenellekään, enkä ole muutenkaan mukana edes kannabiskulttuurissa. Minun asunnossani ei poltella mitään enkä tee koko asiasta muutenkaan sen isompaa numeroa. Syön vain iltaisin parin gramman edestä johonkin kakkuun tai kekseihin leivottuna juuri ennen kuin menen nukkumaan, enkä edes muista miltä sen vaikutus tuntuu hereillä ollessa. Se vain auttaa minua nukkumaan paremmin. Pitää painajaiset poissa, rentouttaa ja niin edelleen. Nukun kahdeksan tuntia kuin vauva ja herään aamulla virkeänä ja levänneenä.

 En myöskään polta tupakkaa, enkä juo kahvia tai alkoholia tai käytä mitään muitakaan päihteitä. Siis tuon kannabiksen lisäksi. Sen verran voin tulla vastaan, että pitää kai se silti päihteeksi laskea. Sen laillisesta asemastakin voitaisiin keskustella jossain toisessa yhteydessä, mutta sanon nyt kuitenkin sen verran, että mielestäni jokaiselta, joka vertaa kannabiksen laillistamista murhien laillistamiseen, tulisi poistaa äänioikeus.

 Mutta minulla ei siis ole mitään tekemistä sen Subutexin kanssa ja lupaan syödä hatullisen paskaa, jos siitä levystä löytyy minun sormenjäljet. Voisin myös antaa vaikka heti huumeseulat, ettekä te löytäisi siitä näytteestä mitään muuta kuin kannabista. Ja olisin hyvin yllättynyt, jos löytyisi keneltäkään muultakaan joka on käynyt minun asunnossani edellisen viiden vuoden aikana. Vaikka siitä en kyllä menisi niin vahvasti takuuseen, että lupaisin syödä edes sitä hattua.

 Ainoa asia mihin tässä maailmassa voi luottaa sataprosenttisesti on se, että kaikesta vastaantulevasta selviää tavalla tai toisella, ja sitten jos ei selviä niin sittenhän sitä ei tarvitse enää murehtia mistään. Eikä tämä ole ollenkaan niin synkkä elämänfilosofia kuin miltä se saattaa kuulostaa. Minä nimenomaan uskallan elää ja toimia niin kuin luottaisin ihmisiin täysin, koska ei minun tarvitse stressata ja murehtia sitä jos ne sattuvatkin puukottamaan selkään. Tai no ei kai tässä oikeastaan tarvitse murehtia kauheasti mistään muustakaan. Tämä pidätyskin on ollut oikeastaan aika mukava ja varsinkin mielenkiintoinen kokemus. Mutta nyt alkaa jo menemään vähän ohi aiheesta, kun eihän teitä nuo huumeet oikeasti muutenkaan kiinnosta, kunhan halusit väitellä. Sama homma kuin vessanpöntön kannen kanssa. Sillä kannellahan ei ole ainoastaan audiovisuaalinen, vaan myös hygieeninen funktio, jonka vaikutukset saattavat olla myös immunologisia.

-Mitä me puhuttiin siitä paskanjauhamisesta, Kinnunen kysyi näytellen närkästynyttä. -Mutta kerropa nyt kumminkin vielä tuosta vessanpöntön kannesta ennen kuin vaihdetaan aihetta.

-No kumpikin kansi pidetään alhaalla ja se, joka asioi vessassa, nostaa niitä ylös haluamansa määrän, mielellään kumminkin vähintään yhden, ja laskee sitten käytön jälkeen kaikki kannet takaisin alas. Ei kai tämän niin vaikeaa pitäisi olla. Ei kuulu vetämisestä niin iso ääni eikä tarvitse katsella jarrutusjälkiä pöntössä. Ja sieltä pöntöstä nousee kauhea pilvi bakteereita ilmaan, jos sen vetää kansi auki. Hengitetään vaporisoituneita ulosteita, koska yritetään voittaa sukupuolten välinen sota eikä olla valmiita tekemään minkäänlaisia kompromisseja. Voin antaa semmoisen vinkin, että sen sodan voittaa, kun tajuaa että siinä vain egot ottavat yhteen, eikä edes yritä voittaa sitä.

-Entä sitten homo- ja lesboparit? Kinnunen kysyi. -
Mihin asentoon ne laittavat sen kannen?

-Voi jeesus, kuuntelitko sinä taas ollenkaan? Sehän
riippuu täysin siitä kuin isot egot niillä on. Mutta
menkää nyt jo herranjumala asiaan, teillähän valuu
tässä arvokasta työaikaa hukkaan, varsinkin jos
olette siinä uskossa, että huomenna tapahtuu puolil-
tapäivin jotain, mikä teidän tulisi saada estettyä.

Surström nojasi taaksepäin tuolissaan, nosti oikean
jalkansa vasemman polvensa päälle ja risti kätensä
niskan taakse. Hänen kasvoillaan jatkuvasti pysynyt
pieni virnistys levisi jälleen täydeksi hymyksi ja hän
sulki silmänsä, silminnähden tyytyväisenä sekä it-
seensä että elämään. Kinnunen ja Järvikylä katselivat
vuoroin häneen ja vuoroin toisiinsa, Kinnunen ko-
hautti olkapäitään ja Järvikylä viittasi päällään ovelle
päin.

-Ottakaa oma aikanne vain, minä olen täällä koko
päivän.

Kahvihuoneessa Järvikylä kysyi ensimmäisenä Kin-
nusen silmistä ja pitäisikö hänen tietää asiasta jo-
tain. Eihän se tietenkään hänelle kuulunut, mutta nyt
kun asia oli tullut esille, niin kyllähän hänen pupil-
linsa epäilyttävän pieniltä näyttivät. Kyse oli kuiten-
kin lääkärin määräämästä lääkityksestä, joka ei vai-
kuttanut ajo- tai työkykyyn niin kuin samat lääkkeet
ilman reseptiä nautittaessa tekevät ja asia oli sillä
selvä. Selitys ei varsinaisesti mennyt Järvikylälle läpi,

mutta tässä oli nyt tärkeämpiäkin asioita mietittävänä.

Surström vaikutti puhuvan oikeinkin paljon ja mielellään, mutta enimmäkseen paskaa. Ajatus siitä, että poliisi voisi piilottaa huumausaineita epäillyn asuntoon, vaikutti varsinkin Järvikylän mielestä täysin naurettavalta. Kinnusella oli ollut joskus aikaisemminkin omat epäilyksensä Peltomäen suhteen, mutta hän päätti pitää ne nytkin omana tietonaan ja oli vain tyytyväinen, ettei asiaa alettua pohtimaan sen tarkemmin.

Hänen oma lääkkeidenkäyttönsäkään ei olisi varsinaisesti kestänyt päivänvaloa ja olisi ollut ikävää alkaa spekuloimaan poliisien ja opiaattien mahdollisesti sopimattomia suhteita edes yleisellä tasolla. Ei hän toki normaalisti töissä nokittanut ja pyrki yleensä syömään vain kolme nappia työpäivinä, mutta nyt oli tuntunut, että pieni buusti voisi olla paikallaan. Oliko hän taas lipsumassa? Eikö se näin lähtenyt käsistä edelliselläkin kerralla? Täytyisi miettiä asiaa aivan tosissaan ihan lähipäivinä ja tällaista ei passaisi ottaa tavaksi, mutta nyt täytyi pysyä skarppina ja keskittyä kuulusteluihin. Ja mahdollisesti syödä pari tasoittavaa myöhemmin, jos päivä venyisi kovin pitkäksi.

Takki auki taktiikka oli toiminut tähän mennessä suhteellisen hyvin, epäiltyhän halusi itse päästä kertomaan juuri siitä mitä he halusivat kuulla, mutta koko esitys oli ollut sen verran yllättävä ja omituinen ettei Kinnunen ollut ollenkaan varma siitä mihin suuntaan kuulustelu oli kehittymässä. Hän jätti sanomatta, että tämä johtui osittain myös siitä, että hän oli syönyt kaksi konttia jo aamulla ennen töihin lähtöä, koska yllättävä hälytys töihin kesken vapaan povasi lähes varmasti vittumaista päivää.

Järvikylä oli edelleen vähän epäileväinen sekä Kinnusen silmistä, että tämän kuulustelutaktiikasta, ja päätti ottaa ohjat käsiinsä. Aluksi he kuuntelivat nauhoitukset, jotka vaikuttivat olevan muutakin kuin pelkkää vitsailua. Ja varsinkin kaksi viimeistä, joissa ei ollut Irmelin mielestä ollut mitään järkeä, vakuuttivat heidät siitä, että kyse oli todellisesta suunnitelmasta. Sitten oli myös Kinnusen vuoro perehtyä papereihin ja erityisesti nimilistaan, jos hän vaikka sattuisi tunnistamaan siitä ihmisiä ja tietäisi heidän oikeat nimensä.

"Öhmi, Rytky, Repa, Nestepöhö, Tunkki, Alistaja, Jölli, Ronttonen, Paavi, Teurastaja, Perätuuppari, Visto, Juukeli, Näätä, Kivesnaama, Möhkö, Kannu, Pakkeli, Rassi, Koipi, Yrmy, Kalu..."
Kinnusen ilmeet vaihtelivat hänen lukiessaan huvittuneesta hämmentyneeseen ja surulliseen, ja hän antoi listan takaisin Järvikylälle mietteliään näköisenä.
-Kyllähän minä tiedän näistä ainakin puolet, mutta en tiedä onko meille tästä listasta mitään hyötyä.
-Miksei ole?
-No ensinnäkin näistä ihmisistä aika moni on kuollut jo aikoja sitten. Ja osa on semmoisia, joista olisin hyvin yllättynyt, jos olisivat Eskon tai sen suunnitelmien kanssa missään tekemisissä. Tietenkin joukkoon on saattanut tuurilla sattua jokunen hyödyllinenkin nimi, mutta ne ovat sitten luultavasti noita, joista minulla ei ole mitään hajuakaan ketä ne

oikeasti ovat. Vähän vaikuttaisi siltä, että se naapuri on vain salakuunnellut jotain hippien juorupiiriä.

-Eli meillä ei ole varsinaisesti oikein mitään. No, mennäänpä sitten kuuntelemaan mitä Surström haluaa kertoa. Ja yritetään saada hänestä jotain järkevää ulos, tuli jotenkin semmoinen kuva, että hän voi puhua vaikka koko päivän sanomatta kauheasti mitään.

-Sen se ainakin osaa. Meidän opettajakin sanoi aina, että jos Esko ei selviä tästä elämästä puhumalla niin sitten ei kukaan.

Kuulusteluhuoneessa Esko Surström odottelikin jo sangen malttamattomana pääsevänsä puhumaan. Kinnunen toi hänelle vesipullon, ettei vain suu pääsisi kuivumaan, ja istui Järvikylän kanssa alas odottavan näköisenä.

-No niin, Järvikylä sanoi. -Mitä sinä halusit kertoa meille siitä voimalasta?

-En kai minä siitä voimalasta puhunut mitään, vaan meidän suuresta suunnitelmasta. Mutta voidaan me toki siitäkin puhua. Ja sehän onkin kyllä mielenkiintoinen laitos. Ymmärrättekö te miten se toimii?

-On minulla jonkinlainen käsitys, Järvikylä vastasi. -Mutta en ole mikään asiantuntija.

-En minäkään, Surström sanoi. -Ja tuskinpa tuota voi maallikko kauhean hyvin ymmärtääkään. Mutta joka tapauksessa olemme nyt historiallisen tapahtuman äärellä ja tuo voimala tulee mullistamaan koko energiantuotannon. Siksi kai se projekti ajettiinkin niin väkisin läpi mistään esteistä välittämättä. Rahoitukseen käytettiin bulvaaneja, rakentaminen aloitettiin ennen kuin saatiin mitään lupia ja kaikki paperitkin olivat jatkuvasti myöhässä, toimitusjohtaja vaihtui useampaan kertaan ja muutenkin aika paljon vastusti, mutta niin vain ne saivat sen ehkä vähän yllättäenkin valmiiksi.

Ja saa kyllä poliisikin ottaa osansa kunniasta. Täällä oli aluksi myös vastustajia, jotka olivat huolestuneita mahdollisista ympäristövaikutuksista ja kaikesta korruptiosta ja muusta vilunkipelistä jota tuon projektin ympärillä pyöri. Olivat leiriytyneet erään heille myötämielisen metsänomistajan maille tuohon aivan kylän tuntumaan. Sitten eräänä päivänä poliisi tuli puskutraktorin kanssa ja hajotti leirin. Kaikki, jotka yrittivät ottaa henkilökohtaista omaisuuttaan mukaan, pamputettiin ja vietiin putkaan ja loput karkotettiin ulos kylästä samanlaisen kohtelun uhalla. Sitten poliisi eristi alueen niin, ettei edes maanomistaja päässyt katsomaan aiheutuneita tuhoja, mutta päästi täysin sivullisen henkilön ottamaan hävityksestä kuvia, jotka sitten julkaistiin iltapäivälehdissä ja annettiin ymmärtää, että aktivistit olivat poistuneet vapaaehtoisesti ja jättäneet paikan muuten vain sellaiseen kuntoon.

-Sinä nyt Esko unohdit tästä sen, että nuo luonnonystävät laskivat työkoneista öljyt maahan ja polttivat poliisiautoja, Kinnunen sanoi. -Joku oli käynyt jopa tekemässä voimalalle johtavan tien varteen vitunkuvan kuolleista nahkiaisista. Ja vaikka kyllähän ne nahkiaiset vähän minuakin naurattivat, niin ei ihmiset tykänneet tuommoisesta toiminnasta ja leiri täytyi purkaa yleisen turvallisuuden takia. En ollut itse sitä purkamassa niin en osaa ottaa yksityiskohtiin kantaa, mutta kyllähän näkemykset siitä mitä tapahtui taisivat olla aika jyrkästi erilaiset.

-No joo, jos öljyjä laskettiin maahan niin ei siinä ollut kyllä mitään järkeä, Surström myönsi. -Pieniä ylilyöntejä taisi tulla vähän molempiin suuntiin, sekä aktivistien, että poliisien ja vartioiden taholta. Mutta kaikki pysyi kuitenkin siihen asti suhteellisen sivistyneenä, että paikalle tuli jostain kansainvälisiä ammattihuligaaneja, joilla ei ollut alkuperäisten aktivistien kanssa mitään tekemistä. Ne polttivat niitä autoja ja heittelivät kiviä ja mitä lie muutakin tekivät, mutta eiväthän sellaiset ihmiset oikeasti välitä mistään, kunhan haluavat riehua.

-Mistä sinä sitten välität? Järvikylä kysyi. -Jos et usko suoraan toimintaan niin mitä te yritätte vielä näin viime hetkillä saavuttaa?

-No nyt tuli kyllä aika laaja ja kiperä kysymys, mistä minä välitän? Voisin kai vastata jotain kliseistä ja ympäripyöreää kuten oikeudenmukaisuus ja ympäristö. Rauha ja rakkaus? En minä kyllä oikeasti osaa näin äkkiseltään vastata. Mikä se toinen kysymys oli? Mitä me yritämme saavuttaa? Tuo oli varmaan vielä vaikeampi. Voinko miettiä hetken? Ja käydä kusella? Joo tehdään niin että minä mietin hetken ja käyn samalla kusella. Kumpi lähtee käyttämään? Ai Kari? Niin no ei teillä taida olla täällä edes unisex vessoja. Ainakaan vielä. Kuuluukohan pidätetyn oikeuksiin saada käyttää semmoista vessaan mihin identifioi itsensä vai joutuuko pidättämään. Huomasitteko kun heitin hauskan sanaleikin. Eikö naurata? No mennäänpä sitten.

Kuulusteluhuoneen ulkopuolella Surström muuttui hiljaiseksi ja asialliseksi, eikä kumpikaan puhunut mitään ylimääräistä. Hän vaikutti hyvin keskittyneeltä ja mietteliäältä ja toi Kinnusen mieleen näyttelijän, joka valmistautuu takahuoneessa toiseen puoliaikaan. Tai mahdollisesti stand up koomikon. Hänen omakin mielensä alkoi tasoittua, mutta tupakkaa teki vähän mieli, vaikka hän oli lopettanut tupakoinnin jo vuosia sitten. Vessassa hänen mieleensä iski tajuaminen siitä, että hän oli tosiaan nokittanut töissä. Tämä oli vasta toinen tai kolmas kerta, mutta oli aivan liian riskialtista ja saisi myös jäädä viimeiseksi. Pitäisi ehkä keskustella lääkärin kanssa annoksen tiputtamisesta kolmeen tablettiin päivässä. Mutta tästä päivästä oli nyt joka tapauksessa ensin selvittävä kunnialla ja se saattaisi vaatia vielä paria ylimääräistä.

Kuulusteluhuoneessa Surströmin kasvoille levisi taas sama hymy, eikä se vaikuttanut vähimmissäkään määrin teennäiseltä. Hän hymyili vilpittömästi silmiä myöten ja vaikutti suorastaan nauttivan tilanteesta. Ehkä vessareissun vakavoituminen oli johtunut siitä, että hän oli tosissaan pohtinut vastausta. Ja vähän hullu kai sitä pitäisi olla, jos koko ajan naurattaisi aamusta iltaan.

-Totuus, Surström aloitti. -Siitä minä välitän. Mahdollisesti vähän liikaakin. Tapahtukoon totuus, tuhoutukoon maailma. Jumala on totuus ja totuus on jumala ja mitä näitä nyt oli. Lupaan kertoa teillekin totuuden siinä muodossa kuin itse sen käsitän ja kaikista niistä asioista, joista minulla on lupa puhua.

-Onko Dahmer kieltänyt kertomasta jotakin? Kinnunen kysyi virnistäen.

-Saattaa olla, Surström sanoi ja repesi nauramaan. -Sinä et kyllä taida tietää kenestä puhut tai olisit tuskin muuten käyttänyt tuota nimeä.

-Keneltä sinä tarvitset luvan? Järvikylä kysyi. -Sen nauhoituksen perusteella te saatte ohjeita, tai mahdollisesti käskyjä joltain.

-Sitä minä en voi teille valitettavasti kertoa, ainakaan vielä. Meidän täytyy tosiaan ehkä keskustella vähän siitä voimalasta ensin, että te ymmärtäisitte mistä tässä on kyse.

-Miksi te vastustatte sitä voimalaa?

-En minä ole ikinä sanonut vastustavani sitä voimalaa. Tai no olin ensimmäisessä lehtijutussa sen varmistumisen jälkeen oikein kuvan kanssa ainoana vastustajana, mutta silloinkin ensimmäinen asia mitä sanoin sille toimittajalle oli, ettei minulla ole minkäänlaista mielipidettä suuntaan eikä toiseen. Mutta sitten aloin tietenkin selittämään sille jotain maailmantaloudesta ihan noin yleisellä tasolla ja mahdollisesti ne minun juttuni olivat menneet vähän yli sen toimittajan käsityskyvyn, kun se oli keksinyt aivan omasta päästään kaiken mitä olin muka sanonut. Eikä minua edes haitannut se, että se oli leimannut minut vastustajaksi, mutta kun vaikutin vielä muutenkin ihan idiootilta ja se oli käyttänyt semmoisia sanamuotoja, joita en ikinä itse käyttäisi. Olisi pitänyt ehkä antaa vain televisiolle lausunto niin ei olisi kukaan päässyt vääristelemään. Yhdeltä kaverilta ne kysyivät minkälaisia ajatuksia siinä herättää se, että venäläiset ovat mukana voimalaprojektissa. Sanoi että päällimmäisenä tulee Tsernobyl mieleen ja pääsi kymppiuutisten loppukevennykseen.

 Mutta Tsernobylissäkin oli kyse vain ydinvoimasta ja suhteellisen paikallisista riskeistä. Tämä uusi voimala vaikuttaa koko maailmaan ja siksi sen mahdolliset riskitkin ovat aivan eri luokkaa. Nollakenttäenergia. Kanavoidaan maailmankaikkeuden energiaa langattomasti, ja kuulemma myös täysin riskittömästi, joka puolelle maailmaa. Ei tarvitse rakentaa kallista infraa ja saastuttavia voimaloita, autotkin voi ladata lennosta ajon aikana. Vastaanottimet ovat niin yksinkertaisia ja halpoja, että koko maailmaa voidaan siirtää lyhyessä ajassa ja pienellä vaivalla täysin puhtaan energian piiriin. Niinhän ne ainakin kovasti väittävät. Täysin puhdasta energiaa, jonka tuottamisella saadaan vielä lisäksi neutralisoitua ydinjätettä. Kuulostaa melkein liian hyvältä ollakseen totta, ja silloinhan se yleensä onkin.

 Entä sitten kun koko maailma on riippuvainen tuosta yhdestä voimalasta? Voidaanko kokonaisia valtioita sammuttaa painamalla nappia? Entä jos jokin menee vikaan? Ydinjätettä tarvitaan kuulemma kerrallaan niin pieniä määriä, ettei sen käsittelystä ole vaaraa ja voimala on rakennettu kestämään minkälaisia hyökkäyksiä ja luonnonmullistuksia hyvänsä. Ja jonkinlaiset varajärjestelmätkin on muka tarkoitus säilyttää, mutta aivan varmastihan ne myydään tai päästetään rappeutumaan, jos kaikki toimii muutaman vuoden ilman ongelmia. Eihän maailma pyörisi nytkään päivääkään ilman sähköä ja öljyä. Ja mitä kauemmas kehitytään luonnontilasta, sen suuremmille potentiaalisille riskeille altistutaan, koska meillä ei ole mitään mahdollisuutta palata hallitusti takaisin.

-Tämän takiako te vastustatte kehitystä? Järvikylä kysyi. -Potentiaalisten riskien? Tiedemiehet ovat varmasti ottaneet kaikki riskit huomioon ja samanlaisia kauhukuvia on maalailtu teollisen vallankumouksen alusta lähtien.

-Tiedemiehet eivät voi ikinä ottaa kaikkia riskejä huomioon sen enempää kuin tiede voisi ikinä selittää todellisuutta täydellisesti. Tämän pitäisi olla päivänselvää, jos ymmärtää mitään tieteellisestä metodista. Teorioita voi todistaa ainoastaan vääriksi, ei oikeiksi, ja todellisessa maailmassa on aivan liikaa muuttujia, että sitä voisi ymmärtää tieteellisesti. Ja jo ihan vain se, että ihmisillä on asian kanssa mitään tekemistä, avaa mahdollisuuden lukemattomalle määrälle erilaisia riskejä.

Kuka esimerkiksi osaisi ajatella, että vesilaitoksella on venttiili, joka avaamalla saadaan sekoitettua jätevettä juomaveteen? Sillä venttiilillä on varmasti joku aivan perkeleen tärkeä tehtävä, tai ei kai sitä muuten olisi sinne asennettu, mutta jos joku unohtaa sen vahingossa väärään asentoon niin aika monelle ihmiselle iskee aivan saatanallinen ripuli. En tiedä minkälaisia venttileitä tuosta voimalasta löytyy ja minkälaisia inhimillisiä virheitä vaatisi, että se sanoisi poks, mutta voisin kuvitella, että menisi siinäkin vaiheessa aika monella vetelät housuun. Mutta nyt alkaa tulemaan jo vähän liikaa kakkajuttuja, varsinkin kun tämä menee edelleen vähän hutiksi siitä mitä te varsinaisesti haluatte tietää. Minä voisin mennä tästä tuonne koppiin meditoimaan hetkeksi ja ottamaan vaikka pienet torkut sillä välin kun te käytte Pahajoella mutkan.

Jos siis haluatte siitä suunnitelmasta tietää, kun minulla ei ole siitä lupaa puhua. Meripalatsista kysytte Jari Vainiolta, jos se haluaa kertoa teille siitä. Viimeksi lauantaina kävin sitä katsomassa niin eiköhän se siellä ole ja ihan joutilaalta tuo vaikutti. En tiedä käykö tuota muut edes katsomassa niin kai sillä tulee siellä aikakin vähän pitkäksi.

-Tämä Vainioko on sen teidän suunnitelmanne takana? Järvikylä kysyi.

-Eikä pelkästään sen suunnitelman, se on osaltaan vastuussa myös tuosta koko voimalasta ja siksi kai se sitä vähän huolestuttaakin. Mutta kaikki kyllä selviää aikanaan, eikä teillä tullut mikään kiirekään tässä.

-Onko se millä puolella siellä Meripalatsissa? Kinnunen kysyi. -Palvelutalon vai osaston puolella?

-Se on varmaan vähän vaihtelevasti kummallakin puolella. Kyngäs ainakin tietää mistä se löytyy. Nyt kun olette muutenkin sinnepäin menossa, niin heitättekö minut kämpille samalla? Ai ette? No kannatti kysyä kumminkin. Ja eipä minulla siellä sen kummempia, mietin että pitäisi kukat kastella, mutta eipä noita tosiaan tarvi. No niin, irtosihan sieltä vähän hymyä. Ei ole päivä vielä edes puolessa ja olette melkein saaneet jo tämän jutun ratkaistua.

-Miksi sinä kutsut sitä Dahmeriksi? Kinnunen kysyi.
-Muistan sille parikin lempinimeä, mutta tuota en ollut kuullut ikinä.
-Se sanoi joskus, että jos se olisi supersankari, niin sen supervoimat olisivat myyrän kaukonäkö ja Jeffrey Dahmerin tunne-elämä.
Ja enhän minä niitä sinun muistamiasi nimiä voinut käyttää, kun ne olisi muistanut pian joku muukin, eikä se halunnut paljastaa henkilöllisyyttään ennen kuin aika on kypsä. Nyt minä kuitenkin uskon sen ottavan teidät aivan mielellään vastaan.

Kinnunen vei Surströmin takaisin putkaan saman hiljaisuuden vallitessa kuin aikaisemminkin ja Järvikylä soitti sillä välin Meripalatsin psykiatrisen osaston ylilääkäri Risto Kyngäkselle. Kun Kyngäs kertoi Vainion istuvan pyörätuolissa kykenemättömänä puhumaan, mutta olevan muuten aivan täysin kunnossa, hän käski eristämään tämän välittömästi muista ihmisistä.
Matkalla Pahajoelle he pysähtyivät syömään herkullisen ja ravitsevan lounaan ABC-ravintolan seisovasta pöydästä ja keskustelivat jutusta. Joku oli selvästi kertonut Vainiolle Surströmin pidätyksestä, ja tämä tekeytyi puhumattomaksi, kun ei voinut paetakaan mihinkään. Surström ei kyllä vaikuttanut kiihkeältä voimalan vastustajalta ja oli muutenkin vähän myöhäistä yrittää vaikuttaa enää mihinkään, kun kaikki oli jo valmista ja avajaiset seuraavana päivänä.

Todellinen kohde saattaisivat toki olla myös presidentit ja avajaiset olisivat vain sopiva tilaisuus, jossa he olivat kaikki koolla. Mutta vielä vähemmän Surström vaikutti ihmiseltä, joka suunnittelisi iskua toisia ihmisiä vastaan, ainakaan mitään kovin vakavaa. Mieshän vaikutti hyvin karikatyyriseltä rauhaa rakastavalta hipiltä, joka tuntui muutenkin suhtautuvan koko asiaan lähinnä vitsinä.

 Ruokailun jälkeen Kinnunen kävi vessassa ja söi lompakostaan kaksi viimeistä konttia. Näillä olisi nyt pärjättävä loppupäivä. Toivottavasti koko jutun saisi tänään päätökseen ja seuraavan päivänä voisi jatkaa vapaata. Pitäisi koittaa pärjätä kolmella napilla, eikä ylimääräisiä onneksi ollut enää jäljelläkään, kun niitä oli tullut vapaalla syötyä aika reilusti. Tupakkaakin teki taas mieli. Pitäisi ehkä ostaa purkkaa, sitä jauhamalla hän oli alun perinkin päässyt tupakasta eroon. Ja olisi ehdottomasti puhuttava lääkärin kanssa annoksen laskemisesta.

Ensimmäinen uni

Olemme koko kylän vuosittaisella metsästysreissulla ja minutkin on otettu ensimmäistä kertaa mukaan. Olen seitsemänvuotias ja kuulun pienten poikien ryhmään, kuluisi vielä vuosia ennen kuin voisin todistaa itseni mieheksi ja aluksi minun pitää näyttää, että minusta on ylipäätään metsästäjäksi. Miehet ovat toisaalla metsästämässä rölleja, meidän tehtävämme on pyydystää jäniksiä.

Olen kyykyssä pajupensaan takana pienen metsäaukion laidassa ja pidän tiukasti kiinni laukaisunarusta. Aurinko paistaa, linnut laulavat ja ympärilläni lentelee lintuja ja hyönteisiä. Olen täysin liikkumatta ja hengitän äänettömästi, olen yhtä metsän kanssa. Olen virittänyt aukion laidassa kasvavan suuren puun oksan kuin jouseksi ja kiinnittänyt sen ohuella narulla maahan levittämääni verkkoon. En ole vielä oppinut puiden nimiä, mutta se on suuri lehtipuu ja minun täytyi kiivetä monen metrin korkeuteen ennen kuin löysin tarkoitukseen soveltuvan oksan. Laukaisunaru avaa solmun, joka pitää köyden ja verkon maassa, ja verkon keskelle olen asettanut kertakäyttölautaselle annoksen kanasalaattia. Olen odottanut jo kauan, mahdollisesti useita tunteja, ja minun on odotettava auringonlaskuun asti, jos en saa sitä ennen saalista.

Mutta minun ei tarvitse odottaa niin kauaa. Näen, kuinka jänis tulee aukion laitaan ja nousee takajaloilleen, se haistelee ilmaa epäluuloisen näköisenä. Jänis ei ole kovin suuri, ehkä ison kissan kokoinen, mutta minusta se näyttää mahtavimmalta saaliilta ikinä ja käteni hikoavat, kun odotan mitä se tekee. Se vaikuttaa edelleen vähän epäluuloiselta, mutta laskeutuu takaisin neljälle käpälälle ja loikkii vähän lähemmäksi lautasta. Mutkitellen, niin kuin se ei muka olisi siitä erityisen kiinnostunut, ja koko ajan ympäristöään tarkkaillen. Jänikset eivät voi kuitenkaan vastustaa kanan hajua ja kohta se loikkii suoraan salaattilautasen äärelle ja alkaa ahmimaan ruokaa.

Odotan että se ehtii uppoutua täysin syömiseen ja sen korvat laskevat sivuille ennen kuin vedän narusta. Jänis ponnistaa salamannopeasti ehtiäkseen karkuun heti kun tuntee verkon alapuolellaan liikkuvan, mutta verkko kiristyy niin nopeasti ettei sillä ole pienintäkään mahdollisuutta paeta ja se jää rimpuilemaan verkkoon puolentoista metrin korkeudelle maasta.

Odotan että jänis rauhoittuu ja lopettaa sätkimisen ennen kuin menen sen luokse. Poimin maasta kananpaloja ja syötän niitä jänikselle verkon läpi, jutellen sille samalla rauhoittavasti. Rapsutan sitä korvan takaa ja kun se on tottunut kosketukseeni, lasken verkon alas puusta. Päästä jäniksen ulos pitäen siitä kuitenkin tiukasti kiinni ja laitan sille kaulapannan ennen kuin lasken sen maahan. Kytken sen kaksi metriä pitkään talutushihnaan ja kierrän sen kanssa ympäri aukiota niin kauan että se oppii loikkimaan vierelläni.

Kun palaan jäniksen kanssa kokoontumispaikalle, näen, että aikuiset miehetkin ovat jo palanneet. Nyt on ollut erityisen hyvä röllivuosi ja niitä on saatu kaadettua lähes kaksisataa vain muutaman tunnin aikana.

Menen isäni luokse juuri kun hän nostaa yhtä jalkoihin kiinnitetyllä paksulla köydellä roikkumaan puusta. Hän ottaa rölliä viiksistä kiinni ja viiltää metsästyspuukolla sen kurkun auki korvasta korvaan. Järkytyn siitä miten inhimilliseltä rölli näyttää ja katson jänistäni, en voisi ikinä tehdä sille samalla tavalla. Ja sitten katson taas isääni. Suuri mustahiuksinen parrakas mies seisoo yläpuolellani ilman paitaa ja karvainen rinta paljaana. Hänellä on edelleen puukko toisessa kädessään ja toisella kädellään hän juo kuksasta höyryävän lämmintä röllin verta, jota valuu suupielistä myös parralle, josta sitä tippuu edelleen hänen rinnalleen. Hän ojentaa kuksaa minulle hymyillen ystävällistä hymyä, johon sekoittuu myös tappamisen riemua ja jotain hyvin primitiivistä, lähes eläimellistä. Kavahdan taaksepäin ja kaadun selälleni. Isä katsoo minua silmissään hämmästynyt ja vähän huolestunut ilme, sitten hän ojentaa kuksaa uudelleen minua kohti ja sanoo veren olevan hyvää. Käännyn ympäri ja kaappaan jäniksen syliini, juoksen pois silmittömän kauhun vallassa. Minusta ei koskaan tule metsästäjää.

Kävelen pitkin tiiliseinäistä valkoista käytävää ja olen auttamattomasti myöhässä, mutta en ole täysin varma mistä. Tiedän kyllä muistavani sen sitten kun löydän perille ja olenkin siellä aivan millä hetkellä hyvänsä.

Astun sisälle punaisesta metallisesta ovesta, jossa lukee jotain valkoisilla kirjaimilla, ja tulen sisälle pukuhuoneeseen, jossa on peltisiä numeroituja kaappeja. Tämä ei ole uimahalli, lattiat ovat liian kuivat. Olen luultavasti töissä tai koulussa. Kävelen ulos ovesta ja astun suureen teollisuushalliin, mutta olen jostain syystä lähes katonrajassa. En ehdi millään palata takaisin ja päätän ylittää hallin kävelemällä nosturin puomia pitkin.

Minua huimaa, kun katson alas, mutta en voi olla katsomatta. Kymmenet miehet hitsaavat valtavia terässäiliöitä ja heidän välissään valuu sulaa terästä. Näen taas isäni, hänellä on päässään hitsausmaski, mutta se on nostettu ylös eikä suojaa hänen kasvojaan. Hänellä on yllään siniset haalarit ja ruskeat hitsauskintaat. Hän sytyttää tupakan sulana virtaavasta teräksestä ja katsoo ylöspäin. Huomattuaan minut hän kysyy miksen ole koulussa ja tarttuu sitten nosturin ohjauskapulaan. Hän ajaa nosturia nopeasti puolelta toiselle koettaen saada minut pudotettua alas, ihan vain huumorilla, ja nauraa iloisesti, kun saan juuri ja juuri säilytettyä tasapainoni. Sitten hänen tupakkansa palaa loppuun ja hän sanoo, että isän pitää nyt jatkaa töitä.

Kävelen puomin toisessa päässä odottavalle ovelle ja astun sisään luokkaan. Luokassa on parisenkymmentä oppilasta ja vain minun pulpettini odottaa enää tyhjänä. Istun alas ja katselen ympärilleni, kukaan ei varsinaisesti näytä tutulta, mutta tiedän, että tämä on minun luokkani. Ulkona paistaa aurinko ja viereisellä kentällä pelataan pesäpalloa, josta en ole ikinä erityisemmin pitänyt, mahdollisesti siksi että en uskalla syöksyä pesälle. Pesäpallo kuvaa sotaa, enkä pidä myöskään armeijasta. Nyt en ole enää varma olenko siellä vai koulussa, minulla on tunne, että olen yrittänyt tätä monta kertaa aikaisemminkin ja jättänyt sen aina kesken. Opettaja kävelee sisään ja koko luokka nousee seisomaan. Hyvää päivää luokka! Kaikki vastaavat yhteen ääneen. Hyvää päivää, herra yliopettaja!

Tänään meillä on vuorossa esitelmiä ja minun tehtäväni on väitellä Jyrki Kataisen kanssa kannabiksen laillistamisesta Elinkeinoelämän keskusliiton kokouksessa. Seisomme vierekkäisissä puhujanpöntöissä liikuntasalin etuosassa ja sali on ääriään myöten täynnä pukumiehiä ja heidän vanhempiaan. Yritän kertoa erilaisista lääketieteellisistä faktoista ja niistä positiivisista tuloksista, joita Portugalissa on saatu sen jälkeen, kun siellä dekriminalisoitiin kaikki huumausaineet, mutta Jyrki vastaa aina jollain 1930-luvulta peräisin olevalla pelottelupropagandalla ja välillä vain yksittäisillä sanoilla, jotka eivät edes tarkoita mitään mutta saavat yleisön hurraamaan. Kädessään hän heiluttaa Siilinjärven Kokoomusnuorten pöytäkirjaa, joka tulee viemään hänet suoraan vallan huipulle. Kun sanon ettei Siilinjärven Kokoomusnuoria ole olemassa ja asiakirja on väärennös, Jyrki vastaa huomauttamalla, ettei minulla ole edes housuja. Kauhukseni huomaan hänen puhuvan totta ensimmäistä kertaa koko väittelyn aikana ja olen paitsi nöyryytetty, myös hävinnyt.

Päätän ettei tästä tule taaskaan mitään. Oli kyse sitten työstä, koulusta tai armeijasta, minusta ei vain ole siihen.

Sukellan silmät auki kirkkaassa vedessä ja nousen pintaan. Juuri kun alan vetämään keuhkoni täyteen, ystäväni tulee pelleilemään taakseni ja painaa pääni takaisin veden alle. Kiepautan itseni irti ja nousen nauraen pintaan, mutta ennen kuin ehdin vetää kunnolla ilmaa, minut painetaan nyt toiselta puolelta takaisin pinnan alle, ja tällä kertaa saan kamppailla tosissani päästäkseni irti. Saan pääni viime hetkellä pinnalle juuri kun minusta tuntuu, että olen menettämässä tajuntani. Ystäväni ovat poissa ja näen edessäni kaksi minulle täysin tuntematonta isoa poikaa. He ovat komeita ja lihaksikkaita ja saavat tytöt nauramaan ihastuneena heitellessään vedessä frisbeetä ja tehdessään kaikenlaisia temppuja. Toinen heistä kysyy itkenkö minä ja nauraa pilkallisesti. Toinen huutaa isoon ääneen minun pissanneen housuuni ja kaikki muutkin nauravat.

Nousen vedestä pelosta ja vihasta täristen. Kävelen suoraan uimakassilleni ja otan sieltä pistoolin, kävelen takaisin rantaan ja ammun kumpaakin kaksi kertaa. He seisovat rintaan asti ulottuvassa vedessä ja ammun kumpaakin ensin vesirajan korkeudelle. Kun he juuri ja juuri ehtivät tajuta mitä on tapahtunut ja lakkaavat nauramasta, ammun heitä kasvoihin ja he vajoavat veden alle. Vesi värjääntyy punaiseksi ja

aurinko menee pilveen. Alkaa salamoimaan ja sata-
maan vettä ja kaikki juoksevat kirkuen pois rannalta.
Kävelen autooni ja ajan pois.

Tämä on ihan paska auto, isäni sanoo ja pistää pu-
naisen nortin palamaan. Ja ihan oikeassahan se on.
Ajan vanhalla Ladalla, jossa on niin paljon pieniä vi-
koja, että on pieni ihme, että se ylipäätään liikkuu
eteenpäin. Se sammuu vasemmalle vilkuttaessa ja
jalkatilaan puhaltaa koko ajan tulikuumaa ilmaa, ik-
kunat on kiilattu paikoilleen ruuvimeisseleillä ja jou-
dun ajamaan käsi ryypyllä, jota täytyy jatkuvasti sää-
tää, että auto pysyisi käynnissä. Polttoaineenkulutus
on 17 litraa sadalle kilometrille, eikä nopeusmittari
toimi. Mikään tästä ei kuitenkaan kumoa sitä faktaa,
että isä on kuollut kahdeksan vuotta aikaisemmin, ja
mainitsen hänelle asiasta. Hän istuu virnistellen vän-
kärin penkillä yllään tummanvioletti tuulipuku,
päässään valkoinen kapteeninlakki ja jaloissaan
reinotossut. Hänen oikea jalkansa on vasemman pol-
ven päällä ja hän ottaa suoraan pullosta hörpyn raa-
kaa kossua ennen kuin vastaa, ettei kukaan pysy ikui-
sesti kuolleena.
Hän kertoo, että hänet tuomittiin kahdeksaksi vuo-
deksi kuolemaan ja nyt hän on palannut, mutta hä-
nen täytyy lähettää joku tilalleen. Kerron etten ole
ikinä ennen nähnyt kenenkään palaavan kuolleista ja
hän sanoo, etten tietenkään ole omassa todellisuu-
dessani. Joidenkin muiden todellisuuksissa olen
luultavasti itsekin kuollut, en vain tiedä sitä vielä.
Kylläpä on taas mukava olla elossa, hän sanoo, vetää

nortista pitkät savut ja meinaa avata ikkunan, mutta huomaa sitten ruuvimeisselin ja puistelee päätään. Toivottavasti tämä auto ei kuvasta sitä miten olet muuten menestynyt elämässä, hän tuntuu ajattelevan. Hän saattaa sanoa sen myös ääneen, en ole enää täysin varma oikein mistään.

Kysyn, miksi hän tappoi itsensä. Hän pyyhkäisee kädellään ilmaa aivan kuin koko kysymys olisi täysin epäoleellinen ja kysyy, miksi kukaan nyt ylipäätään tekee mitään. Sitä tekee elämässä valintoja, jotka johtavat toisiin valintoihin ja sitten sitä huomaa lopulta olevansa tilanteessa, jossa ei näe enää vaihtoehtoja. Haluta vapaaehtoisesti luopua elämästään, ei sitä voi selittää ihmiselle, joka ei ole kokenut sellaista, mutta älä huoli, kyllä sinäkin tulet sen vielä ymmärtämään, hän sanoo sen kuuloisena kuin yrittäisi lohduttaa minua. Sitten hän tuntuu tajuavan mitä on puhumassa ja repeää nauramaan. Kertoo nähneensä Youtubessa videon, jossa ilmeisen heikkolahjainen juontaja syyllisti Kurt Cobainia tämän itsemurhasta, kiittämättömyydestä faneja kohtaan ja lahjakkuutensa haaskaamisesta. Ei lahjakkuutta voi haaskata, taide syntyy tuskasta ja sisäisistä ristiriidoista. Ei siitä paketista voi ottaa vain sitä osaa, joka on hyvää ja positiivista, ja odottaa samaa lopputulosta.

Tappoiko hän itse itsensä siksi että oli suuri taitelija? Mahdollisesti. Ehkä se oli ainakin osa syytä. Tai se, että hän olisi halunnut olla mutta ei koskaan saanut mahdollisuutta. Eivät kaikki taiteilijat tapa itseään, eivätkä kaikki, jotka tappavat itsensä ole taiteilijoita. Toiset kestävät luovuutta paremmin ja toiset keskinkertaisuutta. Jos haluat nähdä molempia yhtä aikaa samalla lavalla niin Cheek ja Hitler esiintyvät tänään yhteiskeikalla Berliinin Olympiastadionilla.

En ole koskaan voinut sietää natseja tai räppäreitä, mutta isän mielestä se on aivan väärä asenne. Pitää yrittää kuunnella avoimella mielellä ja juoda vaikka vähän kossua, jos ei kestä selvinpäin. Eihän niistä ole pakko tykätä tai olla samaa mieltä, mutta pitää se ensin kuunnella mitä toisella on sanottavaa eikä tyrmätä suoralta kädeltä omien ennakkoluulojen perusteella. Se oli lopulta hänenkin tuhonsa, kapeakatseisuus ja samoihin kaavoihin kangistuminen. Ja kossu, jos nyt ihan rehellisiä ollaan, eli ei sitäkään määräänsä enempää pidä juoda. Oikeastaan voisit poika muistaa semmoisen nyrkkisäännön, että jos joudut juomaan kossua, että pää kestää elämää, niin lopeta välittömästi kossun juominen ja tee elämästä semmoista, että sitä kestää selvinpäin.

Valtakunnat on ikuisia. Kuka sieg muka. Sinä ansaitset kaasua. Varsinainen hittikimara, jonka suosiota en voi mitenkään käsittää, mutta ei kai satatuhatpäinen hurraava fanilauma voi olla väärässä. Lavalla on käynnissä varsinainen spektaakkeli: Ilotulitteet räjähtelevät, vähäpukeiset naiset tanssivat ja valtavalle videoruudulle on heijastettu videokuvaa neljännen valtakunnan sotilaista, joiden housut roikkuivat puoliperseessä ja joiden panssarivaunujen tykit huokuvat toksista maskuliinisuutta. Myös lavalla on tykki, joka ampuu yleisön päälle valkoista vaahtoa. Hitler hypettää välillä saksaksi ja Cheekin räpätessä hän seisoo hajareisin tykin takan tehden yleisölle natsitervehdyksiä samassa tahdissa tykistä sykäyksittäin pursuavan vaahdon kanssa. Itse pidän esitystä niin mauttomana, että lähden etsimään kaljatelttaa.

Oluttuvassa näen omassa aitiossaan istuvat Joseph Goebbelsin ja Herman Göringin, ja koska en tunne ketään muita, kysyn, saisinko liittyä seuraan. He toivottavat minut hyvin kohteliaasti tervetulleeksi ja pyytävät istumaan alas. Kummallakin on edessään pitkä lasi kirkasta nestettä, jonka oletan olevan kossua, mutta kun kysyn asiasta, he kertovat kunnioittavansa Hitlerin absolutismia ja juovansa vain vettä. Kun kysyn miten he kestävät selvinpäin, Göringiltä pääsee röhönauru ja hän kertoo vetävänsä morfiinia ja pummaavansa silloin tällöin Aatulta vähän pervitiinia buustiksi. Pyydän saada itsekin vähän, ja koska en tiedä kumpaa haluan, Göring antaa minulle kaksi erilaista pilleriä, jotka hän käskee syömään ja juomaan vähän vettä päälle. Sitten hän kysyy, etteihän meitä häiritse, jos hän itse heittää hihaan. Ja alkaa sitten touhuilemaan jotakin tablettien, lusikan ja sytkärin kanssa.

Goebbels kysyy mitä pidän esityksestä ja kerron etten pidä siitä, enkä ymmärrä miten kukaan muukaan pitää. Hän sanoo minun suhtautuvan siihen liian rationaalisesti ja yrittävän suotta etsiä älyllistä sisältöä sieltä missä sitä ei ole. Riittävän hyvä esiintyjä saa myytyä massoille mitä hyvänsä, mutta jos nyt yhtäkkiä ilmestyisikin jostain joku, joka osaisi ottaa kaikkien edun ja näkökulmat huomioon ja tarjoaisi realistisia ja toimivia ratkaisuja koko ihmiskunnan ongelmiin, ei häntä valittaisi vahingossakaan edes kunnanvaltuustoon. Politiikka ja viihde tarjoavat tunne-elämyksiä, joilla ohjataan suuria massoja ja muokataan kulttuuria, eikä sillä ole loppupeleissä niin suurta eroa myydäänkö kansanmurhaa vai kerskakulutusta.

Angstinen teinipoika lausumassa itseään ylistäviä loppusoinnullisia runoja bongorumpujen tahtiin änkyttäen. Esitys, joka on riisuttu niin tehokkaasti kaikista ylevistä tunteista ja syvemmistä merkityksistä, että Nietzcshe kääntyisi haudassaan, jos kuulisi. Mutta tässä asiassa se vanha Viiksivallu oli väärässä. Propagandan väitteet on suunniteltava tyhmimmän kadunmiehen käsityskyvyn mukaan ja sama pätee massaviihteeseen. Eikä siinä ole mitään pahaa, se on vain inhimillistä. Alfa on aina Omega. Ei mikään ole koskaan muuttunut, eikä tule koskaan muuttumaan. Ei oikeasti. Se vain ottaa erilaisia muotoja, mutta sen näkee joka paikassa, jos vain pitää silmänsä auki. Edelleen kansaa ohjataan leivällä ja sirkushuveilla, ja edelleen ali-ihmiset palvelevat arjalaista rotua..

Minä en ole oikeasti edes rasisti, Göring tunnustaa ja painaa männän pohjaan. Hänen silmänsä pyörähtävät ympäri mielihyvästä ja hän muuttuu Timo Soiniksi. Samalla hänen kädessään ollut lääkeruisku muuttuu pizzapalaksi, jonka päällä on kuutta eri lihaa tuplajuustolla.

Minä olen opportunisti ja populisti, mutta rasisti minä en ole. Ei voi laittaa samoja saappaita ankalle ja oravalle. Kun kansa on jotakin mieltä, niin minä olen myös, se on ainoa oikea ja rehellinen tapa tehdä politiikkaa.   Sähköpyöräsosialistit   kuvittelevat tietävänsä mikä on oikein mutta kyllä kansa tietää, ja minä toteutan kansan tahtoa.

Sinähän petit Timo välittömästi kaikki vaalilupauksesi, kun pääsit vallankahvaan kiinni, Halla-aho toteaa kuivasti viereiseltä tuolilta. Ja nyt oli mestarilta niin jäätävä servaus, että aika pysähtyy, maailma muuttuu mustavalkoiseksi ja Jussin päähän ilmestyvät aurinkolasit.

Tajuan itse seisovani ravintolan etuosassa mikrofoni kädessäni, enkä tiedä olenko kertonut vitsejä vai laulanut karaokea. Kukaan ei naura eikä taputa. Ihmiset tuijottavat minua vaivaantuneena, osa jopa vihaisen näköisenä. Lasken mikrofonin kädestäni pöydälle ja kävelen suoraan ovea kohti yrittäen vältellä kenenkään katsetta. Narikassa tapaan etäisesti tutunoloisen miehen ja naisen, jotka kutsuvat minut mukaansa jatkoille.

He asuvat pienessä yksiössä baarin yläpuolella ja heidän asunnossaan pääsen viimein juomaan kossua. Göringin antamat pillerit alkavat myös vaikuttaa yhdessä alkoholin kanssa, kaikki muuttuu hyvin sekavaksi ja vajoan mustaan usvaan. Vähän myöhemmin tajuan sitoneeni miehen kiinni patteriin, ja hän huutaa minulle epätoivoinen ilme kasvoillaan, kun raiskaan hänen vaimoaan sängyllä ja kuristan tätä samalla kurkusta. Yritän lopettaa, mutta kauhukseni huomaan, että minussa on myös puoli, joka ei halua tehdä niin, vaan päinvastoin nauttii tilanteesta juuri siksi että se on niin väärin. Lopettamisen sijaan kuristan lujempaa ja kiristän tahtia, tuijottaen samalla miestä silmiin kuin antaakseni ymmärtää, että hänen vuoronsa on seuraavana.

Jonkin ajan kuluttua hän lopettaa huutamisen, tai pikemminkin hänen äänensä vain lakkaa. Hän yrittää kyllä edelleen huutaa, mutta ei saa minkäänlaista ääntä kuulumaan. Samalla tajuan, että allani oleva nainen on lakannut vastustelemasta, mahdollisesti jo aika kauan sitten. Tämän tajuaminen saa minut palaamaan niin paljon takaisin todellisuuteen, että yritän taas lopettaa, mutta lantioni jatkaa kuin noiduttuna hänen kylmenevän ja jäykistyvän ruumiinsa panemista. Kun viimein saan käännettyä katseeni hänen puoleensa, tuijotan omiin kuolleisiin kasvoihini. Yritän huutaa, mutta en saa suustani lähtemään minkäänlaista ääntä. Käännyn katsomaan hänen miestään ja näen itseni köytettynä kiinni patteriin.

Nousen ylös enkä pue edes vaatteita päälleni, kävelen vain ulos enkä voi käsittää mitä olen tehnyt. Astun ovesta omakotitalon takapihalle, joka on niin suuri, että tuo mieleeni golfkentän. Keskellä pihaa kasvaa yksi valtava puu, joka muistuttaa erehdyttävästi sitä johon isäni ripusti röllin ennen kuin laski siitä veret. Jopa köysi näyttää vielä roikkuvan samasta oksasta.

Kiipeän puuhun ja istun oksalle, tiedän että minulla on enää yksi asia tehtävänä. Teen köyteen silmukan, jonka pudotan kaulaani ja nousen seisomaan. Astun tyhjyyteen odottaen äkkipysähdystä, mutta sitä ei tule. Tipun niin kauan, että hetken aikaa kuvittelen lentäväni. En ole enää edes täysin varma oliko se mitä tapahtui aikaisemmin todellista vai ainoastaan pahaa unta. Minua alkaa kaduttaa ja pelottaa, en halua kuolla eikä minun olisi ikinä pitänyt hypätä. Sitten köysi kiristyy. Minä kuolen ja vajoan pimeyteen, jossa vallitsee taivaallinen rauha.

Kun herään henkiin, huomaan makaavani niityllä, jolla olen paimentamassa lampaita. Joka puolella ympärilläni on vihreitä kukkuloita, joilla valkoiset lampaat laiduntavat syöden ruohoa. Aurinko paistaa pilvettömältä taivaalta ja kaikki pahuus tuntuu kadonneen maailmasta. Kun katson tarkemmin, huomaan etteivät lampaat olekaan lampaita, vaan pieniä vaaleakiharaisia vauvoja, jotka konttaavat niityllä ylisuurissa valkoisissa vaipoissaan.

Yhtäkkiä taivaan täyttävät mustat pilvet ja aurinko värjääntyy verenpunaiseksi. Yläpuolelleni ilmestyy lentävä demoni, jolla on siipiä lukuun ottamatta ihmisen vartalo, harmaa iho ja pitkät ja terävät hampaat ja kynnet. Demoni on alasti, mutta en erota sillä minkäänlaisia sukuelimiä, se on lähes karvaton ja sen ihon pinnalla on vain siellä täällä pieni tuppoja pitkiä mustia karvoja. Se tuijottaa minua ilkeillä tihrusilmillään päästämättä minkäänlaista ääntä, sitten se syöksyy alaspäin ja sieppaa minua lähinnä olevan vauvan maasta ja lentää takaisin yläpuolelleni. Hirvittävän kuuloisen itkun säestämänä demoni repii vauvan kappaleiksi yläpuolellani, pälleni sataa verta ja sisäelimiä. Sitten demoni pudottaa koko runnellun pienen vartalon eteeni nurmelle ja sukeltaa sieppaamaan seuraavan.

Yritän huitoa sitä paimensauvallani, mutta se pysyttelee juuri ja juuri liian korkealla ja ilkkuu minulle äänettömästi, ennen kuin repii toisenkin vauvan kappaleiksi. Demoni poimii vauvoja yksi kerrallaan ja minä yritän pelastaa niitä, mutta olen täysin voimaton. Sitten en enää kestä ja putoan maahan polvilleni, peitän pääni käsilläni ja huudan jumalaa avuksi.

Desmond Tutu kävelee viereeni ja kysyy, haluanko puhua jumalasta. Demoni ja vauvat ovat poissa ja aurinko paistaa jälleen. Kerron olevani uudelleensyntynyt ja ihmettelen miksi en silti kykene pelastamaan ketään. Desmond kysyy olenko varma, että kenenkään pelastaminen on minun tehtäväni. Sitten hän istuu viereeni nurmikolle ja alkaa poimimaan taikasieniä ojentaen aina välillä minullekin muutaman.
Istumme hiljaa pellolla syöden sieniä ja aina välillä hän katsoo minua silmiin ja hymyilee rohkaisevasti. Ilma alkaa väreilemään ympärilläni ja kaikki värit muuttuvat hämmästyttävän kirkkaaksi. Kysyn mikä on elämän tarkoitus, mutta hän vain jatkaa hymyilyään ja heilauttaa kättään kuin osoittaen minulle koko maailmaa. Silloin tuntuu, että viimeinkin ymmärrän jotakin. Istumme pitkään hiljaa, katselemme maailmaa ja aina välillä hymyilemme toisillemme.
Kun minusta tuntuu, että on viimein aika puhua, kysyn, oliko Charles Manson oikeasti Jeesus. Desmond vastaa, että jos hän oli, hänet ymmärrettiin ainakin yhtä väärin kuin edellisellä kerralla, mutta hänen nimissään tapettiin onneksi tällä kertaa vähemmän ihmisiä. Kysyn, oliko Milton Friedman antikristus, ja Desmond kysyy nauraen enkö tarkoita Friedrich

Hayekia, mutta vastaa sitten, että vaikka he mahdollisesti ohjasivatkin ihmiset palvomaan kultaista vasikkaa, olivat he silti jumalan luomia hyvää tarkoittavia ihmisiä.

Jumala ei ole sosialisti eikä kapitalisti. Jos joku haluaa kontrolloida markkinoita, eikö hän silloin ota itselleen jumalan roolin. Eihän vapaa markkinatalous tietenkään toimi niin kuin he kuvittelivat, eikä se välttämättä toimi kauhean hyvin muutenkaan. Maailma on epätäydellinen, mutta niin on ihminenkin, ja ihminen on luonut maailman omaksi kuvakseen aivan samalla tavalla kuin jumala on luonut ihmisen omaksi kuvakseen. Jos joku onnistuisikin luomaan täydellisen sosialistisen utopian, jossa kaikki olisi reilua ja tasa-arvoista, olisi se silti vain luojansa visio, eikä valtaosa ihmisistä olisi välttämättä lainkaan onnellisia sellaisessa maailmassa. Kun taistelee sortajia vastaan, kannattaa pitää varansa, ettei tee niin ryhtymällä itse sortajaksi.

Minun on lähes mahdotonta uskoa, että jokaisen mielitekojen summasta voisi syntyä toimivin järjestelmä, sillä onhan keskiverto ihminen kuin lammas, joka tarvitsee paimenen ohjaamaan itseään, tai hän eksyy vuorelle ja joutuu suden syömäksi. Jos annetaan jokaiselle ihmiselle yhtä suuri valta päättää asioista, onhan se aivan sama kuin suunniteltaisiin avaruusalusta niin, että kuka hyvänsä saisi käydä halutessaan muokkaamassa piirustuksia. Desmond vain hymyilee ja käskee minun katsoa ylös.

Katson taivaalle ja näen maapallon siintävän kaukana edessäni. Olen turistimatkalla Marsissa, ja olen juuri myöhästynyt paluumatkalle lähteneestä sukkulasta. Vasemmalla puolellani näen valtavan kasvihuoneen, jossa kasvaa jotain merilevän tapaista, joka kuitenkin kasvaa ilmassa kohti kasvihuoneen kattoa. Kaikkialla muualla ympärilläni näen vain autiota punaista kalliota. Avaruuspukuni vasemmassa hihassa on jokin kellontapainen instrumentti, joka kertoo, että minulla riittää happea vielä kolmeksitoista minuutiksi.

Päivällinen

Avajaisia edeltävänä päivänä kello viideltä iltapäivällä kokoontuivat Suomen presidentti Aulis Nokkonen, Yhdysvaltojen presidentti Ronald T. Dump ja Venäjän presidentti Ivan Ivanovits Ivanov päivälliselle uutuuttaan hohtavan Pahajokitalon ylimmässä kerroksessa sijaitsevaan sipulikupolilla varustettuun pyörivään ravintolaan. Talo koostui kolmetoistakerroksisen tornin lisäksi matalammasta Yhdysvaltalaistyyppisestä osasta ja yhdessä ne muodostivat kokonaisuuden, jonka siluetti muistutti navettaa ja rehusiiloa ja liitti ne näin sulavasti osaksi suomalaista maalaismaisemaan. Taloa ympäröivä keskusta oli myös uudistettu täysin ja siihen oli haettu keskiaikaista tunnelmaa korvaamalla keskuskadun ajoradan asfaltti mukulakivillä. Kylän laidalla oli heti valtatien varressa valtavia parkkipaikkoja, joihin turistimassat pysäköivät autonsa jalkautuessaan kiertelemään kivijalkakaupoissa ja aterioimaan jossain lukemattomista ravintoloista.

Presidenteille oli tarjolla paikallista erikoisherkkua; nyhtökaurasta valmistettua huonon metsästäjän leikettä ja suippomadonlakkisalaattia. Ravintolan lisäksi tornista oli varattu myös kaksi alempaa kerrosta, kahdestoista kerros presidenttien ja heidän lähimpien avustajiensa ja yhdestoista kerros heidän muun henkilökuntansa käyttöön. Ruokailun jälkeen presidenttien oli määrä pitää kokous voimalan merkityksestä koko ihmiskunnan tulevaisuudelle ja valmistella siitä julkilausuma seuraavalle päivälle.

Kun Pahajoki oli fysiikan kahdeksantoista vuotta aikaisemmin ottaman valtaisan harppauksen seurauksena määritelty koko maailmankaikkeuden keskipisteeksi, oli suomesta tullut yhdessä yössä todellinen maailmankieli, jota jokaisen kansainvälisissä tehtävissä työskentelevän oli opeteltava puhumaan virheettömästi. Tämä oli samalla ratkaissut jatkuvasti pahenneen ongelman, joka oli muodostunut siitä, että tulkit ja virkamiehet olivat vuotaneet kaikkien neuvottelujen ja keskeneräisten suunnitelmien salassa pidettävät ja arkaluonteiset sisällöt joko neuvottelijoiden poliittisille vastustajille tai lehdistölle, riippuen siitä ajoiko heidän toimintaansa enemmän ideologiset vai taloudelliset motiivit. Tuo kehitys oli ehtinyt jo tuhota lähes täydellisesti koko poliittisen järjestelmän uskottavuuden ja toimintakyvyn, mutta nyt jo vuosien ajan oli kaikki merkittävät kokoukset pidetty kasvotusten ilman ainoatakaan ylimääräistä kuulevaa korvaa ja julkisuuteen oli kerrottu ainoastaan se mitä niissä oli päätetty. Tämä oli parantanut ratkaisevasti keskusteluilmapiiriä ja luonut pohjan todelliselle kansainväliselle yhteistyölle ja yhteisymmärrykselle.

Nyt pidettävä kokous oli tuon kehityksen huipentuma ja monessa mielessä tärkein koskaan pidetty kokous, sillä ratkaistiinhan siinä koko maailman tulevaisuutta koskevat lopulliset suuntaviivat.

Päivällinen sujui kaikin puolin tavallisissa merkeissä ja sen aikana vaihdettiin ympäripyöreitä kohteliaisuuksia, eikä neuvotteluistakaan todellisuudessa odotettu mitään sen kummempaa, sillä olihan kaikki suuret linjaukset jo sovittu valmiiksi. Voimala oli rakennettu idän ja lännen yhteistyönä ja Suomi oli mukana huomattavasti kokoaan isompana tekijänä, paitsi siitä ilmiselvästä syystä, että voimala sijaitsi Suomessa, myös historiallisena välittäjänä, jossa roolissa se oli toiminut jo ensimmäisen kylmän sodan aikana. Nyt myös uudelleen lämmennyt toinen kylmä sota oli tulossa lopulliseen päätökseen ja neuvotteluissa oli lähinnä tarkoitus pohtia yksityisen ja valtio-omistuksen suhdetta.

Virallisesti voimalan rakentaneet energiayhtiöt omistivat siitä 49 prosenttia ja kukin valtioista 17 prosenttia niin, että valtioilla oli määräysvalta niin kauan, kun ne kykenivät tekemään yhteisiä päätöksiä. Tilanteen teki huomattavaksi monimutkaisemmaksi se, että Venäjän hallitus kontrolloi myös venäläisiä energiayhtiöitä ja yhdysvaltalaiset energiayhtiöt kontrolloivat Yhdysvaltojen hallitusta. Suomi kulki tässäkin asiassa kultaista keskitietä, joskin tilanteeseen tuli yleensä joka neljäs vuosi pieniä kosmeettisia muutoksia, jotka riippuivat siitä, oliko oikeiston vai vasemmiston vuoro olla vallassa.

Ruokailun jälkeen ja ennen varsinaisten neuvottelujen alkua myös ravintolan henkilökunta joutui poistumaan rakennuksesta, presidenteille jätettiin illan pitkäksi venymistä varten tuorekelmuun pakattuja sämpylöitä, pillimehuja ja vettä. He istuivat koko ravintolan ulommaisen pöydän ääressä niin ettei kukaan olisi voinut hiipiä kuuloetäisyydelle tulematta huomatuksi. Jonkin aikaa keskustelu sujui tavanomaisissa merkeissä, kunnes Dump alkoi suuresta koostaan huolimatta ensimmäisenä tuntea sienten vaikutuksen katsoessaan ulos ikkunasta, ja hän oli jo vähällä kysyä muilta mihin he olivat laskeutumassa, ennen kuin tajusi ravintolan vain pyörivän.

-On ne saaneet tähän keskustaan vähän tämmöistä Keski-Eurooppalaisen pikkukaupungin tuntua, hän totesi hyväksyvästi. -Mutta muuten täällä näyttää aivan Venäjältä.

Ivanov katseli häntä hetken hämmästyneen näköisenä, mutta ei sanonut mitään ja puisteli sitten vain hihitelleen päätään katsoen Nokkoseen, joka istui mietteliäänä ja halusi selvästi sanoa asiaan jotain, mutta ei oikein tiennyt mistä olisi aloittanut.

-Nämä ihmiset ymmärtävät mitä tämmöinen projekti vaatii, hän sanoi lopulta. -Pitää osata priorisoida ja tehdä kovia päätöksiä. Eihän siinä ole meille mitään uutta, mutta eivät nämä ole ammattipoliitikkoja. Tekevät tätä kuin harrastuksena omien töidensä päälle. Kun tämän voimalan mahdollisuus ja merkitys alkoi selvitä ja ymmärrettiin, että se on tulossa nimenomaan tänne, niin Pohjoinen naapurikaupunki oli tietenkin pyrkimässä heti osingoille. Ja yleisemminkin oli puhetta kuntaliitoksesta, että saadaan ammattilaiset asialle. Tiedättekö mitä nämä tekivät? Ne pitivät ylijäämäisestä talousarviosta huolimatta lapsensa homekoulussa ja alkoivat sen sijaan laittamaan kunnan julkisivua kuntoon. Teettivät nollatutkimuksia, joilla todistivat mustan valkoiseksi ja laittoivat vielä yhden valtuutetun kunnan Facebook ryhmään räksyttämään ja haukkumaan sairastuneet siitä, etteivät osaa vain siivota kotejaan. Eikä se ollut edes rahasta kiinni, ne käyttivät enemmän rahaa väistötiloihin kuin olisi mennyt uuteen kouluun, vaan sen näyttämisestä, että ne pystyvät tähän.

 Muuten olisi tullut pakkoliitos ja tämä olisi ollut kohta vain sivukylä, suuren kaupungin syrjäisin rapistuva lähiö, joka saisi olla tyytyväinen, että olisi edes se homekoulu. Tai sitten olisi lyöty koko keskustaan lappu luukulle, eikä itse kylästä olisi jäänyt mitään jäljelle. Nyt tämä on merkittävä kasvukeskus, ja sen lisäksi, että ne rakensivat lopulta uuden koulun, niillä on kohta varaa laajentaa tämä keskustan remontti koskemaan koko kylää.

 Ivanov nyökytteli ymmärtäväisesti. -Minulla oli melkein samanlainen tilanne, kun piti laittaa Venäjä kuntoon 90-luvun jäljiltä. Tuntuihan se pahalta räjäyttää kerrostalollinen omia kansalaisia, mutta ei voi tehdä munakasta rikkomatta munia. Jos minä en olisi ottanut valtaa, niin ihmisiä olisi kuollut satoja tai tuhansia kertoa enemmän ja olisi saanut pian laittaa lapun luukulle koko maahan. Amerikkalaiset ottivat mallia pari vuotta myöhemmin, mutta tietenkin niiden piti tehdä sekin isommin.

 -Minulla ei ollut sen kanssa mitään tekemistä, Dump sanoi. -Minä vain trollaan Twitterissä, mutta ymmärrän kyllä mistä te puhutte. Koko ajan on pieni sisällissodan uhka ilmassa ja muutenkin hirvittää ajatella, että joku ottaa ne minun juttuni aivan tosissaan. Mutta minkäs teet. Pitää antaa kansalle mitä kansa haluaa ja minulle on kyllä osunut maailman typerin kansa yleisöksi. On jopa väitetty, että minä lähdin vitsillä mukaan vaaleihin ja voitto tuli itsellenikin yllätyksenä, mutta tuosta on totta vain puolet. Lähdin vitsillä mukaan, mutta tiesin kyllä voittavani. Se kai tässä surullisinta onkin. Se nainen oli niin tosissaan, että kävi melkein sääliksi. Mutta toisaalta se on vielä enemmän eliitin asialla kuin minä, vaikka esittääkin niin vasemmistolaista. Niin että siitäs sai.

-Minä laitoin kerran vasemmistolaisen naisen myymään kuusikymmentä tuhatta suomalaista velkaorjiksi Norjaan, Nokkonen sanoi aluksi hyvin hämmentyneen näköisenä, mutta nauroi sitten iloisesti päälle. -Eikö ole maailma hullu? Lakimiehenä tajusin olla laittamatta omaa nimeäni mihinkään papereihin, vaikka minähän sen valtionvarainministerinä päätin. Myytiin kahdentoista miljardin markan lainat viidellä prosentilla niiden nimellisarvosta ja merkittiin vielä kauppakirjaan, ettei niitä voi leikata. Ihmisille ei tietenkään voitu tarjota tuota samaa alennusta tai olisi tullut satinkutia.

Eikä pelkästään minulle itselleni, maataanhan sitä aina edustaa ja ajattelee tämmöisissä hommissa. Jos me olisi menty antamaan semmoinen alennus yksityisille ihmisille niin valtionlainan korot olisi nostettu saman tien tappiin ja Nokia olisi rangaistukseksi siirretty pois Suomesta, mikä olisi tarkoittanut sitä, että lamaa olisi seurannut konkurssi ja oltaisiin nyt pahemmassa jamassa kuin Kreikka.

Peli on kovaa, mutta sitä on osattava pelata tai sitten on siirryttävä muihin hommiin. Ääneen ei tietenkään auta sanoa tästä mitään, eikä oikein mistään muustakaan. Minä olen ollut kohta 12 vuotta presidenttinä näyttämällä kameroiden edessä huolestuneelta ja puhumalla ympäripyöreitä. Ja varmuuden vuoksi kiistänyt vielä tarkoittaneeni mitään riippumatta siitä, miten minun sanomisiani on tulkittu. Kansa tykkää ja kulisseissa voi sitten ajaa kaikki tärkeimmät päätökset läpi.

-Melkein käy välillä kateeksi, Ivanov sanoi. -Meillä joutuu tekemään kaiken maailman sirkustemppuja kansan viihdyttämiseksi, vaikka harvapa tuota pääsee työn puolesta esimerkiksi ohjaamaan kurkiauraa, niin en minä valita. Vanhemmiten alkanut silti välillä tuntumaan, että onko tämä nyt ison maan johtajan arvolle sopivaa hommaa. Kiitä Dump luojaasi, ettet sinä joudu kekkuloimaan ilman paitaa hevosen selässä. Olisihan se aika irvokas näky, hih hih.

Dump puisteli hymyillen päätään. -Minä joudun muutenkin kiittämään jumalaa joka perkeleen välissä ja pyytämään siunausta. Voin päästää muuten suustani ihan mitä hyvänsä, ja uskokaa pois, olen kokeillut, mutta jos menisin julkisesti myöntämään, että en usko koko jumalaan, niin kannatus romahtaisi kuin kaksoistornit. Oho, saattaisi kyllä romahtaa tuollakin vertauksella. Jumala ja Amerikka, niille kun muistaa pyytää siunausta niin kaikki muu on sitten vapaata riistaa.

-Venäjällä oli ennen hallitsija jumalasta seuraava, mutta meni kyllä jo yli sata vuotta sitten edelle, eli sen suhteen minä olen kyllä ihan hyvissä asemissa, Ivanon totesi. -Mitenhän jos minä julistaisin itseni jumalaksi ja alkaisin siunaamaan kuulijani aina puheen lopuksi, olisikohan tuo jo liian paksua vai kasvaisiko kannatus entisestään? Miten teillä on Aulis hoidettu nämä uskonasiat? Ollaan kumminkin melkein kuin veljeskansoja, vaikka olettehan te kyllä myös entisiä alamaisia.

-Kunhan ei sentään tulevia. Minä oli melkein kuvitellut, että semmoiset aluevaltaukset alkaisivat näin ylikansallisessa maailmassa olemaan historiaa, mutta mikä se koko krimin hommakin oli?

Ivanov kohautti hymyillen olkapäitään, mutta ei sanonut mitään.

-Niin se uskonto. Kai sekin on Suomessa vähän niin kuin kaikki muukin, mennään tavan vuoksi massan mukana, ettei herätettäisi huomiota. Lestadiolaisten kanssa on tietenkin pysyttävä kulisseissa hyvissä väleissä, mutta jos minä nyt alkaisin joka välissä toivottamaan jumalan siunausta niin kai nuo vähän hulluna pitäisivät. Uudenvuoden puheeseen sen toin vittuillakseni takaisin, kun se minua edeltänyt vasemmistolainen nainen jätti sen pois.

Taas vasemmistolainen nainen. Olisikohan meissä kaikissa vähän sovinistin vikaa, vai lieneekö kyse enemmän puoluekannasta tai puhtaasta sattumasta. Meillähän on kaikilla nuoret puolisotkin, mitä se kertoo meistä ihmisinä? Pidämmekö me yllä patriarkaalista yhteiskuntajärjestystä, vai onko naisen paikka vain luonnostaan keittiössä?

Dump ja Ivanov tuijottivat Nokkosta hetken kysyvän näköisenä ja sitten kaikki kolme repesivät nauramaan. Jokainen oli jossain välissä huomannut, että jotain oli vialla, ja Ivanov oli jopa epäillyt heille annetun salaa jotain psykedeelia, mutta nyt vaikutus oli jo niin voimakas, etteivät he varsinaisesti enää tajunneet olevansa tripillä.

Toisten ulkonäössä ja varsinkin pupilleissa oli jotain hyvin omituista, mutta kukaan ei enää ollut toisaalta täysin varma miltä ihmisen kuului normaalisti näyttää. Ravintolan lattia ja seinät aaltoilivat ja niiden pinnassa erottui punaisesta ja sinisestä sähköstä muodostunut värisevä ruudukko, eikä ikkunasta kyennyt katsomaan ulos ilman, että tunsi olevansa välittömästi sekoamisen partaalla. Toisten seuraan ja keskusteluun uppoutuminen helpotti kuitenkin oireita aika paljon, varsinkin jos kertoi aina avoimesti sen mitä ensimmäisenä mieleen juolahti, ja niin he vain rautaisina ammattilaisina jatkoivat kokousta ikään kuin tämä kaikki olisi ollut täysin normaalia.

Mustapukuiset miehet, joilla on silmät ja korvat kaikkialla ja jotka salakuuntelivat keskustelua kolme kerrosta alempana, alkoivat kuitenkin olemaan kasvavissa määrin vakuuttuneita siitä, ettei kaikki suinkaan ollut niin kuin piti. Heidän työnantajiaan kiinnosti erityisen paljon se, kuinka avoimia presidentit saattaisivat olla koko voimalan yksityistämiselle, jota heidän täyty ymmärtää tultavan jossain välissä vaatimaan, mutta keskustelu neuvottelupöydässä oli muuttunut jotenkin hyvin omituiseksi, eikä se suinkaan palannut heidän toivomaansa suuntaan, vaan pikemminkin päinvastoin.

-Olemmeko me pohjimmiltamme hyviä ihmisiä? Ivanov kysyi. -Minä tulin politiikkaan tiedustelupalvelun kautta ja minä ymmärrän toki miten maailma

toimii. Välillä joudun teloituttamaan jonkun puolijul-
kisesti muistutuksena siitä, ettei tasapainoa saa jär-
kyttää liikaa, mutta entä jos aika olisikin jo oikeasti
kypsä? Nyt saattaisi olla mahdollisuus muuttaa koko
järjestelmä sen sijaan, että joudumme jatkuvasti ta-
sapainoilemaan sen suhteen, mikä on pienin paha.

-Mitä sinulla on mielessä? Nokkonen kysyi. -Minusta
tuntuu, että voisin olla nyt aika avoin vähän hullum-
millekin ajatuksille, he he.

-Minä melkein arvaan, Dump sanoi epäuskoinen
ilme kasvoillaan. -Sinä haluat ottaa vallan takaisin
markkinoilta. Etkö haluakin?

-Ei kai nyt helvetti sentään, Nokkonen sanoi. -Siihen
liittyisi kyllä aivan hirveitä riskejä. Mutta toisaalta
jos me tekisimme niin yhdessä ja meillä on tuo voi-
mala valttikorttina, niin sehän saattaisi jopa onnis-
tua. Teoriassahan meillä on enemmistö ja me voi-
simme ostaa kaikki muut osakkaat ulos, vaikka sopi-
muksethan on kyllä kirjoitettu vain sitä varten, että
tälle saatiin kansan hyväksyntä.

-Entä jos me todella tekisimme niin? Ivanov kysyi.
Hän oli todellisuudessa unohtanut kokonaan alkupe-
räisen ajatuksensa, joka oli ollut jotain samansuun-
taista, mutta liittyi enemmän uuteen yritykseen va-
paan demokratian palauttamiseksi Venäjälle ja oli
niin korkealentoinen, ettei hän olisi kyennyt puke-
maan sitä sanoiksi. Ja Yhdysvallathan oli muutenkin
vapaudestaan huolimatta, tai mahdollisesti jopa sen
takia, monessa suhteessa aivan täysi kehitysmaa. Nyt
taidettiin kuitenkin puhua sosialismin uudesta tule-
misesta kertarysäyksellä, ja miksipäs ei. Sehän saat-
taisi vaikka toimia vapauteen yhdistettynä.

-Kyllä me voisimme tehdä sähköstä ihmisoikeuden, Dump sanoi. -Eihän tässä nyt mistään kommunismista kumminkaan puhuta.

-Niiden sopimusten alkuperäinen tarkoitushan oli vain mahdollistaa voimalan yksityistäminen sitten kun aika on sille kypsä, mutta niitä pykäliä voidaan kyllä soveltaa myös toiseen suuntaan, Nokkonen sanoi mietteliäänä. -Mutta se on kyllä aika perkeleellinen vastuu Suomen kokoiselle maalle, tai edes meille kaikille kolmelle. Meidän yhteenlaskettu väkilukummekin kattaa alle kymmenen prosenttia maailman väestöstä. Kansainvälinen markkinaoikeus katsoi, että maailmakaikkeuden keskipisteenä oleminen on vain hyvää tuuria samaan tapaan kuin öljyvarannot, mutta onhan öljynkin takia käyty sotia. Jos me haluamme saada tämän toimimaan, meidän täytyy ottaa tähän kaikki mukaan.

-Maailmanrauha, viimeinkin, Ivanov sanoi kyyneleet silmissä. -Minä olen haaveillut tästä hetkestä, mutta en ole ikinä uskaltanut uskoa, että se voisi oikeasti toteutua.

-Eikö siihen ole vielä aika pitkä matka? Dump kysyi. -Rättipääthän ovat päinvastoin olleet entistä pahantuulisempia, kun öljyvarantojen merkitys on hupenemassa. Öljyntuottajathan olivat aika skeptisiä tämän koko projektin suhteen, paitsi tietenkin me, kun päästiin itse osingoille.

-Siinäpä se, Ivanov sanoi. -Me päästämme kaikki osingoille. Otamme kaikki maailman valtiot osallisiksi ja kaikki saavat nauttia rajattomasti ilmaisesta sähköstä, kunhan noudattavat yhteisiä pelisääntöjä. Ei kukaan halua sotia muuten vain ilman syytä ja se syy liittyy aina resursseihin. Uskonnot ja kansallisuudet ovat vain tekosyitä, eikä niiden nojalla saa elämänsä tyytyväisiä ihmisiä manipuloitua tekemään yhtään mitään, kaikista vähiten tappamaan toisia itsensä kaltaisia ihmisiä.

-Mekin on käyty sotaa milloin mitäkin todellista tai keksittyä vihollista vastaan niin kauan kuin on oltu olemassa, Dump sanoi. -Miten muuten ihmiset saisi olemaan nousematta kapinaan ja tuhoamatta kaikkea? Yhtenäisyys vaatii ulkoisen vihollisen.

-Me emme yritä estää vallankumousta, Nokkonen sanoi. -Me aloitamme sen. Me aloitamme ensin energiavallankumouksen ja sitten henkisen vallankumouksen. Eikä sitä vallankumousta tehdä yön yli tai väkivallalla, vaan rakkaudella, ja niin huomaamattomasti, ettei sen edes huomaa tapahtuvan. Ja huomenna me julistamme sen alkaneeksi.

Huomenna me ilmoitamme, että kaikki yksityiset toimijat ostetaan ulos voimalasta ja se muutetaan voittoa tavoittelemattomaksi järjestöksi, jonka pyörittämiseen kaikki maailman valtiot osallistuvat ja jonka tuottamasta hyödystä kaikki maailman ihmiset saavat nauttia. Meidän on toimittava riittävän nopeasti ja kunhan kaikesta on tehty julkista niin asiat lähtevät kyllä etenemään omalla painollaan.

-Dump saatetaan kyllä ampua, kunhan se pääsee takaisin Yhdysvaltoihin, mutta se on riski, jonka olen valmis ottamaan, Ivanov sanoi hihittäen.

Dump puisteli hymyillen päätään, mutta ei sanonut mitään, nosti vain kulmiaan ikään kuin hyväksyen oman salamurhansa ja Ivanovin huumorintajun sellaisina asioina, joiden kanssa oli vain elettävä.

-Mitään papereitahan me ei tästä ehditä tekemään, mikä on varmaan vain hyväkin, Nokkonen sanoi nauruaan pidätelleen. -Eipähän ehdi vuotaa väärille tahoille.

Keskustelu jatkui entistä korkealentoisempana ja pohdittiin muun muassa sitä, voisiko toimintaa pyörittää YK:n kautta vai pitäisikö sitä varten perustaa uusi organisaatio, mitä kaikkea ihmiskunta voisikaan saavuttaa tänä uutena aikakautena, jota määrittäisivät maailmanrauha ja loputon puhdas energia, ja mikä olisi presidenttien oma paikka historiassa tämän kaiken mahdollistajina.

Yksiään ei halunnut tehdä itsestään liian suurta numeroa, sillä tiedemiehethän tässä olivat todellisia sankareita ja he vain toteuttivat nöyrästi sitä tehtävää, jota kansa oli heidät suuressa viisaudessaan valinnut hoitamaan.

Kaikki kolme myös upposivat yhä useammin omiin ajatuksiinsa ja unohtuivat pitkiksi ajoiksi tuijottelemaan ikkunasta maisemaa, joka alkoi nyt sekavan ja pelottavan sijasta näyttää aivan uskomattoman kauniilta. Niin kuin näytti maailmakin, ja kaikki sen ihmiset, joita kohtaan he tunsivat suunnatonta rakkautta ja syvää henkistä yhteyttä. Kun kaikki tuntui tulleen jo sanotuksi ja miellyttävä väsymys alkoi painamaan presidenttejä, he ottivat sämpylänsä ja pillimehunsa ja siirtyivät kerrosta alemmaksi, jossa toivottivat kukin toisilleen kauniita unia lämpimien halausten saattelemana.

Toinen kuulustelu

Palattuaan poliisiasemalle Kinnunen ja Järvikylä raportoivat pikaisesti Himaselle siitä mitä Pahajoella oli selvinnyt, mikä ei ollut kauhean paljon. Surström näytti olevan itse koko suunnitelman takana, mikäli semmoista edes oli olemassa, ja oli ajattanut heidät sinne mahdollisesti ihan vain vittuillakseen, tai pelatakseen aikaa. Mutta sitäkään vaihtoehtoa ei toki voinut sulkea pois, että Surström oli vielä hullumpi kuin miltä vaikutti ja uskoi itse keskustelleensa Vainion kanssa kaikki nämä vuodet.

 Himanen määräsi Kinnusen ja Järvikylän jatkamaan kuulusteluja ja pohti samalla mielessään, saisiko Peltomäki oikeasti hakattua siitä jonkinlaisen tunnustuksen ulos jos nuo kaksi eivät saa. Ja miten sen saisi salattua nyt kun supokin oli mukana? Eilen se olisi saattanut vielä onnistua, jos olisi väittänyt sen saaneen vammoja vastustaessaan pidätystä, mutta entä nyt. Jos tuon päästäisi suihkuun, jossa se liukastuisi ja löisi päänsä, tai saunaan ja se kaatuisi vahingossa kiukaalle? Niinhän nuo jotkut väittävät, ettei kiduttamalla saatuun tunnustukseen voi luottaa, mutta mitä muuta tuo on puhunut kuin paskaa tähänkään asti. Vesikidutus, miksi minä en heti ajatellut sitä? Jos nuo eivät saa sitä puhumaan, niin Raimo saa päästää sen illalla suihkuun ja antaa vähän vesikidutusta.

Kinnunen vei taas Surströmin kypsymään kuuluste-
luhuoneeseen ja meni sitten Järvikylän kanssa kah-
ville pohtimaan, miten he lähestyisivät tilannetta.

-Miten sinä nyt hulluna saisit toisen hullun puhu-
maan? Järvikylä kysyi. -Ja mielellään totta, hän lisäsi.

-Ehkä me yllätetään se nyt sen omilla aseilla. Näy-
täpä vielä sitä nimilistaa. Minä poimin tästä muuta-
man potentiaalisen tyypin, siis semmoisen, joiden
tiedän olevan ainakin hengissä ja mahdollisesti myös
Eskon kanssa tekemisissä. Kolme voisi olla varmaan
sopiva määrä. Ja sitten minä kirjoitan näiden oikeat
nimet tähän minun vihkooni ja väitän Vainion tun-
nustaneen kaiken ja nimenneen nämä muiksi osalli-
siksi. Sanotaan että näitä ollaan hakemassa koppiin
ja jos Esko tunnustaa oman osuutensa ensimmäisenä
niin saa pienemmän tuomion.

-No kyllä kai hän tajuaa, että sinä valehtelet.

-Luultavasti tajuaa, mutta saattaa silti leikkiä mu-
kana. Eikä meillä tässä kauheasti muutakaan ole. Se-
hän olisi voinut vain istua hiljaa siihen asti että koko
tilanne on ohi, mutta sen sijaan se vaati minut tänne
paikalle. Ja sanottavaahan sillä tuntuu kyllä olevan,
kunhan vain saataisiin se puhumaan niin paljon että
lipsauttaisi jotain sellaistakin mitä sen ei ole tarkoi-
tus kertoa.

-Minä pidän näitä sinun metodejasi vähän kyseen-
alaisina, mutta kokeillaanpas sitten miten käy. Ja
anna se lista niin minä kirjoitan nuo omalla käsialal-
lani ja annan itse Surströmille tämän paperin. Sitä kai
hän osaa odottaa vielä vähemmän, Järvikylä sanoi ja
pudisti hymyilleen päätään. Häntä ei varsinaisesti
kauheasti naurattanut, mutta olihan tämä koko juttu

aika surkuhupaisa. -Koitat sinäkin sitten pysyä asiallisena, että hän joutuu edes hetken miettimään, olemmeko me tosissamme.

-No niin, täällä taas, Kinnunen sanoi astuessaan kuulusteluhuoneeseen. -Onko ne antaneet sulle mitään ruokaa?

-Tarjoutuivat nuo hakemaan makkaraperunat grilliltä, mutta kerroin paastoavani mieluummin. Yritin kyllä ehdottaa, että olisivat tuoneet salaattiainekset, pähkinöitä ja hedelmiä, mutta niitä ei kuulemma ollut listalla, mikä kuulosti minun mielestäni suorastaan rikolliselta. Melkein voisi jopa kuvitella, että ne pyrkivät tietoisesti saamaan pidätetyt voimaan huonosti syöttämällä niille roskaruokaa, mutta ne taisivat kyllä hakea itselleenkin makkaraperunat..

-Eli sinä olet siis valmis jatkamaan kuulustelua? Järvikylä puoleksi kysyi ja puoleksi totesi ja laittoi samalla nimilistan pöydälle. -Vainio tunnusti ja kertoi, ketä muita oli sinun lisäksesi osallisena. Näitä henkilöitä ollaan juuri hakemassa kuulusteltaviksi ja jos sinä nyt kerrot sillä välin omasta osuudestasi niin minä teen kaikkeni, että sinun yhteistyöhalukkuutesi otetaan huomioon.

Surström otti paperin käteensä ja luki sen. Hän tuijotti sitä pitkään ja vilkaisi aina välillä Järvikylään syvän hämmennyksen vallassa, kunnes avasi viimein sanaisen arkkunsa.

-Kaunis, älykäs ja hauskakin vielä. Harmi, että me tapasimme tällaisissa olosuhteissa, sinuunhan voisi

vaikka rakastua. Ja Jariin sinä vasta oletkin tehnyt vaikutuksen, kun se on ilmeisesti alkanut puhumaan.
-Sinähän sanoit viimeksi lauantaina puhuneesi hänen kanssaan.
-Minä sanoin käyneeni lauantaina katsomassa sitä, ei me olla puhuttu melkein kahteenkymmeneen vuoteen.
-Mikä tämä juttu sitten on, että hän olisi kaiken takana? Sinä ajatit meidät sinne vain vittuillaksesi ja pelataksesi aikaa!
-En suinkaan. Jari on kyllä omalta osaltaan vastuussa sekä meidän suunnitelmastamme, että koko voimalasta, mutta se on aika pitkä tarina enkä ajatellut, että te olisitte uskoneet sitä, jos ette olisi käyneet ensin itse katsomassa. Eli ottakaapa nyt mukava asento ja kuunnelkaa niin ei mene koko iltaa. Ei tarvitse tehdä muistiinpanoja, jos ei halua.

-Minä tutustuin Jariin joskus melkein kaksikymmentäviisi vuotta sitten ja silloin se oli vielä hyvin erilainen ihminen. Minä en tiedä kuin tosissaan ne olivat ja ketä muita siihen kuului, mutta ne haaveilivat joidenkin muiden radikaalisen kanssa vallankumouksesta. Niiden suunnitelmana oli vallata Yle ja eduskuntatalo televisioidun täysistunnon aikana ja pitää kenttäoikeudenkäynti kansan pettäneelle hallitukselle, jonka jälkeen syyllisiksi todetut olisi teloitettu suorassa lähetyksessä.
Se oli muutenkin aika sekavaa aikaa ja siitä on sen verran kauan, että en muista sen tarkemmin yksityiskohtia. Mutta joka tapauksessa Jari teki aivan totaalisen täyskäännöksen ja alkoi pasifistiksi. Niiden

suunnitelma oli ollut muutenkin aivan järjetön, mutta se oli myös tajunnut, ettei niillä olisi ollut tarjolla mitään realistisia vaihtoehtoja, vaikka se olisi onnistunutkin. En tiedä mitä sille muulle porukalle tapahtui, mutta kai nekin olivat sitten tulleet järkiinsä, tai sitten minulta on mennyt vain hutiksi koko vallankaappausyritys.

 Sen jälkeen, kun Jari oli tajunnut kuin typerä se niiden suunnitelma oli ollut, se yritti alkaa lukemaan suunnilleen kaikesta kaiken ja alkoi vetämään hirveitä määriä psykedeeleja. Tai no psykedeelit saattoivat kyllä olla syy sille sen alkuperäiselle tajuamisellekin, mutta joka tapauksessa se alkoi vetämään niitä aivan liikaa yrittäessään saavuttaa jonkinlaisen valaistumisen. Ja otin niitä kyllä itsekin välillä sen seuraksi, mutta lähinnä saavuttaakseni jonkinlaisen sekavuuden.

 En tiedä saavuttiko se sitä mitä oli hakemassa, mutta jotakin sille joka tapauksessa tapahtui.

 Yhden tripin jälkeen se vain yhtäkkiä raitistui kuin seinään ja alkoi käyttäytymään jotenkin tosi omituisesti. Vetäytyi enimmäkseen omiin oloihinsa, alkoi pukeutumaan kummallisiin vaatteisiin ja puhumaan itsekseen. Tai ei se ihan ääneen tainnut puhua, mutisi lähinnä ja tuijotti jonnekin kaukaisuuteen. Ja sitten kun sen kanssa yritti keskustella niin ei sitä kiinnostanut maailmanmeno tai mitkään arkiset tapahtumat. Yritti saada jotenkin tieteen ja uskonnon yhdistettyä yhdeksi kokonaisuudeksi, ja sitten toisaalta selitti jotain aivan itsestäänselviä asioita niin kuin olisi tajunnut ne ensimmäistä kertaa. Minua itseä kiinnosti lähinnä olla sekaisin ja pitää hauskaa niin meidän yhteydenpitomme jäi siinä pikkuhiljaa aika vähäiseksi.

Sitten kun tuota oli jatkunut suunnilleen pari-kolme vuotta, se kertoi kirjoittaneensa kirjan niistä sen visioista ja lähettäneensä sen joillekin kansainvälisesti tunnetuille älyköille ja mielipidevaikuttajille, jotka se oli ilmeisesti valinnut Youtube suositustensa perusteella.

Se oli lähettänyt ne kirjat ilman mitään selitystä tai saatekirjettä ja oli kirjoittanut vain tuttavalliset ja vitsikkäät omistuskirjoitukset, joita ei välttämättä edes voinut ymmärtää, jos ei tiennyt mitä toisille oli kirjoitettu. Mutta se ei kuulemma haitannut, koska näin universumi oli käskenyt sen toimia. Se kirja sisälsi juttuja, joita se ei itsekään ymmärtänyt, mutta joku sitä älykkäämpi inspiroituisi siitä, jos niin olisi tarkoitettu, ja se oli nyt täyttänyt oman osansa.

Kukaan noista ihmisistä oli tuskin vaivautunut edes vilkaisemaan sitä sen kirjaa, mutta se sai jonkin ajan kuluttua kiitoskirjeen Neil Degrasse Tysonin avustajalta ja meni aivan lopullisesti sekaisin. Viikkoa myöhemmin se hyppäsi sieltä katolta, ja minä säikähdin niin paljon, että raitistuin itsekin vähän myöhemmin kokonaan.

Olin saanut sekavien vuosien aikana poltettua sillat oikeinkin tehokkaasti kaikkiin vanhempiin kavereihini ja uusien kavereiden kanssa hengailua ei selvinpäin onnistunut. Silloin minä luulin sen johtuvan siitä, ettei meillä ollut huumeiden lisäksi muuta yhteistä, ja vaikka ei asia aivan niin yksinkertainen oikeasti ollutkaan, niin aina minä kumminkin ratkesin uudelleen kun näin niitä. Niinpä minä aloin itsekin siinä pikkuhiljaa erakoitumaan ja vähän myös katkeroitumaan ja minulta meni siinä reilut kymmenen vuotta semmoisessa välitilassa. Henkisesti olin edelleen narkkari, mutta pysyin pelon ja tahdonvoiman avulla selvinpäin. Ja syytin kaikkia muita siitä minkälainen olin ollut, ja minkälainen minusta oli tullut. Suhtauduin ihmisiin vähän kuin apinoihin, joita tarkkailin ulkopuolelta ymmärtämättä, että olin pohjimmiltani itsekin aivan samanlainen apina.

Kunnes ne sitten alkoivat rakentamaan tuota voimalaa ja minä luin sattumalta hammaslääkärin odotushuoneessa sen Neil Degrasse Tysonin avustajan haastattelun, jossa se kertoi rikkoneensa joskus puhelimensa töissä ja lukeneensa ajankulukseen kirjan, jonka joku ihailija oli lähettänyt Neilille. Aivan vihonviimeisellä sivulla oli lukenut jotain niin älytöntä, että nauraessaan sille se oli vahingossa tullut keksineeksi nollakenttäenergian teoreettisen perustan.
Minä en pystynyt edes jäämään odottamaan omaa aikaani. Juoksin suoraan sieltä hammaslääkäristä Jarin äidille kysymään, vieläkö sillä oli Jarin tavaroita tallessa, ja sieltä se kirje löytyi sen käsikirjoitusten ja muiden tavaroiden joukosta sen äidin vintiltä. Mary Gambardella, sama nainen oli lähettänyt sen kirjeen. Sitten minä menin kirjastoon ja sieltähän se kirjakin löytyi pölyttymästä kotiseutuarkistosta. Eihän se Jari ollut sitä teoriaa keksinyt tai ymmärtänyt, samoja juttuja siinä kirjassa oli mitä se oli muutenkin höpöttänyt, mutta se oli kumminkin osunut juuri sopivasti hutiksi niin, että asiasta jotain oikeasti

ymmärtävä saattoi korjata sen tekemät virheet ja sitten luulla koko ajatusta omaksi keksinnökseen.

Jari ei ollut juonut pariin vuoteen edes kahvia ennen kuin se kirjoitti sen kirjan ja sitten kun se oli alkanut kirjoittamaan, se oli juonut sitä niin paljon, että sen sormet olivat juuri ja juuri osuneet siltä käsien tärinältä näppäimille. Mutta se oli kuulemma ollut ainoa tapa saada oma rajallinen mielensä ohitettua.

Minulle alkoi tunkemaan mieleen kaikenlaisia päihteiden värittämiä tukahdutettuja muistoja niistä sen viimeisitä ajoista ennen laitokseen joutumista ja tuntui että aloin itsekin sekoamaan, kun yritin ymmärtää niitä sen visioita ja käytöstä. Lopulta tulin siihen tulokseen, että minun oli saatava tietää. Mitä menetettävää minulla edes oli.

Niinpä minä sitten kävin poimimassa sieniä yhdeltä pellolta, jonka muistin nuoruudesta hyväksi paikaksi. Ja siitä tuli vähän turhankin tuottoisa reissu. En laskenut kuin paljon minä niitä sieniä yhteensä löysin, mutta satoja joka tapauksessa. Kuivattuna niitä olisi ollut varmaan jotain parinkymmenen gramman korvilla. Ja minä en siis ollut muutenkaan henkisesti siinä tilassa, että minun olisi pitänyt ottaa yhtään mitään.

Luin ensin sen Jarin kirjan ja sitten söin ne sienet. Söin siis ne aivan kaikki ja niitä oli niin paljon, että ne kävivät melkein kokonaisesta ateriasta. Kai minulla oli joku semmoinen ajatus, että koska aioin tehdä niin vain sen yhden kerran niin mieluummin överit kuin vajarit. Ja minun oli päästävä sinne missä ymmärtäisin sen kaiken.

Kun olin saanut sienet syötyä, aloin selailemaan sitä kirjaa uudelleen sieltä täältä niin pitkäksi aikaa kuin pystyin vielä lukemaan, mikä ei ollut kauhean kauaa. Ja taisin tajuta jo silloin nousujen aikana, ettei sieltä tultaisi ikinä takaisin. Aloin pohtimaan kuka minä oikein olen ja upposin niin syvälle omaan mieleeni, että tulin ulos toiselta puolelta äärettömyyttä ja tajusin olevani koko maailmankaikkeus. Ei siis tämä maallinen tomumaja, jonka kautta me koemme asioita, vaan se tietoisuus, joka ne asiat kokee. Ja se tietoisuus on kaikille yhteinen. Sitten minä tajusin, että minun oli turha pelätä hulluksi tulemista, koska olin tullut hulluksi jo kymmenen vuotta aikaisemmin, mutta en ollut silloin vain tajunnut sitä. Tämä ajatus alkoi pelottamaan minua aivan helvetisti ja siinä kohtaan trippi kääntyi aika pahaksi. Uskoin istuneeni itse kymmenen vuotta osastolla ja kuvitelleeni kaiken mitä minulle oli tapahtunut. Näin kaikki pahat tekoni, ja paljon semmoisiakin, joita en ollut ikinä oikeasti tehnyt. Kauheita kolmiulotteisia painajaisia heijastui joka puolelle ympärilleni ja jos yritin sulkea silmäni, ne ainoastaan pahenivat. Hirvittävää graafista väkivaltaa ja psykologista kauhua. Olisin tappanut itseni saadakseni sen loppumaan, mutta en onneksi uskaltanut liikkua.

Ja se tuntui kestävän vuosia. Unohdin kaiken mitä oli tapahtunut aikaisemmin, mitään muuta todellisuutta ei ollut enää olemassa, saati sitten että olisin muistanut ottaneeni jotakin, tai ymmärtänyt edes koko konseptia siitä, että tietoisuuteen voi vaikuttaa ottamalla erilaisia huumeita ja trippi menisi kyllä ohi aikanaan. En ymmärtänyt enää koko ajan käsitettä ja samat tapahtumat toistuivat lukemattomia kertoja peräkkäin, välillä ne vain muuttivat suuntaa. Vesi virtasi ylöspäin, rikkoutuneet esineet tulivat jälleen ehyeksi ja kuolleet nousivat haudoistaan. Elin elämääni vuosia eteenpäin ja sitten yhtäkkiä pysähdyin ja palasin taaksepäin, jonka jälkeen jatkoin taas uudelleen eteenpäin täsmälleen samalla tavalla kuin aikaisemmalla kerralla.

Sitten lopulta pääsin kuolemaani asti, jonka jälkeisistä tapahtumista en muista mitään ennen kuin heräsin seuraavana aamuna. Muistan, että silloin tapahtui jotain mikä oli merkittävämpää kuin mikään sitä ennen, mutta en saa siitä mitenkään kiinni.

Kun heräsin, ymmärsin välittömästi tulleeni hulluksi. Olin siinä samassa tilassa, jossa Jari oli ollut. En tiedä oliko Jarikin tiedostanut oman tilansa, mutta luulen, että oli. Se oli saattanut jopa yrittää selittää sitä minulle, mutta enhän minä sitä silloin ymmärtänyt. Sitä on ylipäätään täysin turha yrittää selittää semmoisille ihmisille, jotka eivät ole ikinä olleet hulluja, koska silloin vaikuttaa vain entistä hullummalta.

Mutta siis kaikki semmoinen kulttuurillinen ohjelmointi, jota minun mieleeni oli iskostettu suunnilleen neljäkymmentä vuotta, oli hävinnyt johonkin ja olin ikään kuin tullut lapseksi jälleen. Ei ollut enää olemassa yksinkertaisia totuuksia ja asioita, jotka vain ovat niin kuin ovat. Luultavasti siitä johtuu, että joka ainoa ihminen kenen kanssa olen keskustellut, jopa ne, joita olen itse pitänyt aivan käsittämättömän yksinkertaisina, ovat itse pitäneet terapeuttejaan niin yksinkertaisina, että ovat itsensä selittämisen sijaan lopulta vain luovuttaneet ja alkaneet kertomaan mitä nämä haluavat kuulla. Ja siitä kai terapiassa on pohjimmiltaan kyse, kulttuuriin sidottujen totuuksien uudelleenohjelmoinnista ammattimaisen ystävän välityksellä.

Enkä nyt tarkoita, että nuo terapeutit olisivat tyhmiä. He saattavat olla tietyllä tavalla hyvinkin älykkäitä. Mutta suhteessa potilaidensa tajunnantilaan he ovat yksinkertaisia, sillä siitähän mielenterveyden ongelmat kumpuavat. Yliajattelusta, inhorealistisesta maailmankuvasta, liian vilkkaasta mielikuvituksesta.

Haluatteko että selitän tarkemmin? Tässä aletaan nyt kohta lähestymään sitä mikä on oleellista, eli pysykäähän tarkkana.

Esimerkiksi matemaattinen tai kielellinen lahjakkuus vaatii aika korkeaakin älykkyyttä, joka ilmenee, sanotaan nyt vaikka x-akselilla. Ihminen saattaa olla suorastaan nero omalla alallaan, mutta silti toivottoman yksinkertainen, jos hänen mielestään puuttuu syvyys y-akselin suunnassa. x- ja y-akseleiden lisäksi tulevat sitten vielä tunteet, jotka voitaisiin sijoittaa z-akselille, mutta se tekee yhtälöstä tähän tilanteeseen tarpeettoman monimutkaisen, eli unohdetaan tunteet hetkeksi. Osa ihmisistä sekoittaa muutenkin y-akselin tunteisiin tai on muuten vain täysin tietämättömiä sen olemassaolosta ja pitää kaikkea sen suuntaisesti tapahtuvaa liikettä hulluutena.

Terapeutti saattaa siis teoriassa ymmärtää mielenterveyden ongelmista kaiken, mutta katsella niitä vain x-akselin kautta, jonka seurauksena hän kyllä tunnistaa erilaisia oireita, mutta ei ymmärrä ilmiöitä niiden taustalla. Ja koska potilaan ongelmat sijaitsevat y-akselilla, he eivät todellisuudessa koskaan kohtaa.

 Y-akselilla liikuttaessa tunnistaa kasvavissa määrin maailman loputtoman monimutkaisuuden ja omien kokemustensa subjektiivisuuden, mutta vaikka sen kulkisi päästä päähän, ei silti muuttuisi yleisneroksi. Silloin tietää korkeintaan sen, ettei tiedä mitään.

 Siksi Jarikaan ei itse varsinaisesti ymmärtänyt kirjansa sisältöä, enkä minä muista lähellekään kaikkia niistä asioista, jotka tajusin omalla tripilläni. Ei riitä älykkyys. Minulla oli niistä alkuun semmoisia visioita jotka tuntuivat olevan melkein kuin kielen päällä, enkä meinannut saada niitä millään pois mielestäni. Mutta silloin kun tuntui että melkein ymmärsin ne, todellinen maailma alkoi karkaamaan, ja kun tuntui että meinasin saada ne johonkin ymmärrettävään sanalliseen muotoon, ne katosivat. Kirjauduin jopa osastolle pohtimaan niitä, kun tuntui etten meinannut saada päätä pysymään millään kasassa, mutta lopulta jouduin vain luovuttamaan ja samalla mielikin alkoi vähän rauhoittumaan. Ja tässä oli tosi isona apuna se, että otin Jarin itselleni terapeutiksi.

 -Miten sinä otit hänet terapeutiksi, kun eihän hän tee muuta kuin istuu hiljaa? Järvikylä kysyi. -Ja mitä tällä on sen teidän suunnitelmanne kanssa tekemistä?

 -Minä olen ihan justiinsa tulossa siihen niin kuunteleppa nyt rauhassa, tai saat muuten käydä kysymässä uudelleen Jarilta, Surström vastasi hymyillen ja Järvikylä meinasi jo avata suunsa, mutta vaikeni sitten ja nyökkäsi muistaessaan Vainion katseen, joka oli tuntunut tuijottavan suoraan hänen sieluunsa.

-Minä siis kävelin itse suoraan sinne osastolle ja Risto oli niin ystävällinen, että otti minut sisään ilman tk-lääkärin lähetettä kun selitin tilanteen. Olin ollut siellä jonkin aikaa myös silloin kun raitistuin kymmenen vuotta aikaisemmin ja oltiin entuudestaan jollain tavalla tuttuja.
Aluksi minä vain tarkkailin Jaria ja yritin ymmärtää mitä sille oli tapahtunut. Lopulta tulin siihen tulokseen, että se oli eksynyt y-akselilla niin kauas, ettei enää löytänyt takaisin. Mahdollisesti jopa tipahtanut kokonaan pois sen toisesta päästä. Meillä kaikillahan on jotain harhaisia käsityksiä maailmasta ja asioita joita emme voi hyväksyä, ja sitten me jäämme luuppiin niiden ympärille. Yleensä ne eivät ole mitään kauhean radikaaleja tai aiheuta aivan kohtuuttomia ongelmia. Lähinnä ne saavat meidät toistamaan jotain samoja kaavoja ja virheitä vähän eri muodoissa. Mutta tosinaan niistä voi muodostua hyvinkin isoja ongelmia, jos tajuaa jotain mitä ei pysty käsittelemään ja ymmärtää sen merkityksen väärin.
Yksi kaveri hoksasi joskus ettei vapaata tahtoa ole olemassa, ja ajoi sen seurauksena valtatiellä mutkiin väärällä kaistalla. Minua meinasi jonkin verran jännittää, kun se istui poikittain siinä kuskin penkillä eikä edes katsonut eteenpäin, ja yritin itse takapenkiltä jotenkin kauniisti selittää sille, ettei vapaan

tahdon puuttuminen suinkaan tarkoittanut sitä, ettei se ollut vastuussa tekojensa seurauksista, vaan pikemminkin sitä, että sen puuttumisen seurauksena se oli niin tyhmä, että kuvitteli niin.

Tämä oli aika hyvä esimerkki siitä, miten ihminen on hiippaillut psykedeelien avulla y-akselilla huomattavasti pidemmälle kuin x-akseli olisi antanut luontaisesti myöten. Noiden akseleiden olisi siis syytä pysyä suunnilleen tasapainossa ja siksi saattaa joidenkin kohdalla olla parempikin pysyä vain suosiolla vähän yksinkertaisena.

Vaikka psykedeeleista saattaisikin oikein käytettynä olla mahdollisesti hyötyä lähes kaikille, niin tajunnan liiallinen keinotekoinen laajentaminen johtaa hulluuteen eikä valaistumiseen. Ja minä tulin siihen tulokseen, että Jari luultavasti tajusi olevansa jumala, mutta ei ymmärtänyt mitä se merkitsee. Eikä siis ainoastaan tajunnut sitä sellaisena sanallisena filosofisena käsitteenä, jonka melkein kuka hyvänsä pystyy ymmärtämään, vaan jäi kiinni siihen tunteeseen. Koki valaistumisen, mutta ei kestänyt sitä. Siirtyi ajasta ikuisuuteen niin, että ruumis jäi kumminkin tälle puolelle.

Ja tässä tullaan nyt siihen voimalaan niin, että sehän toimii aivan samalla periaatteella. Eri suunnasta vain. Sähkönsiirto langattomasti tappaisi kaiken minkä läpi se kulkisi, jos siirto tapahtuisi normaalissa kolmiulotteisessa maailmassa. Teslakin varmasti ymmärsi tämän ongelman, mutta kukaan ei tiedä kuinka lähellä hän oli sen ratkaisua. Nyt tuo voimala, joka ei välttämättä ole varsinaisesti edes oikea termi, koska sehän ei varsinaisesti tuota sähköä, kanavoi tuota rajatonta energiaa, josta koko neljäs ulottuvuus ja samalla koko maailmakaikkeus koostuu. Ja samalla tuo neljäs ulottuvuus on kollektiivinen tietoisuus, suuri elektroni. Jumala, jos sellaista nimitystä haluaa käyttää. Tiede ja uskonto yhdistyvät täydellisesti, vaikka henkinen ulottuvuus onkin unohdettu aivan kokonaan ja ihmiset väittelevät edelleen siitä kenen pilven reunalta katseleva kovin inhimillinen mielikuvituskaveri on todellisin. Sen sijaan, että he ymmärtäisivät, että jumala istuu pyörätuolissa Meripalatsissa ja tekee sitä, mikä tekee hänestä paitsi parhaan terapeutin, myös parhaan vapahtajan, eli on hiljaa ja kuuntelee tuomitsematta.

Jos mennään nyt vielä vähän pidemmälle, niin voidaan ottaa huomioon se, että universumin sijaan me elämme multiversumissa, jossa on ääretön määrä erilaisia todellisuuksia ja jokainen meistä voisi elää myös konkreettisesti omassa todellisuudessaan niin, että kaikki muut olisivat vain mielikuvituksemme tuotetta. Ja kuolemamme jälkeen meistä tulisi sitten kaikista jumalia seuraavaan todellisuuteen. Ja jos nyt ajatellaan, että tämä todellisuus missä me elämme, tapahtuu ainoastaan Jarin pään sisällä, niin hän on itse asiassa myös konkreettisesti meidän jumalamme, joka on jäänyt vangiksi ihmisruumiiseen.

-Tämähän on ihan kuin *Dogmasta*, eikö meidän siis pitäisi tappaa se, että se pääsisi vapaaksi ja voisi tehdä sitä mitä jumalan hommiin nyt ylipäätään kuuluu? Kinnunen kysyi virnistellen. -Tämä kaikki kuulostaa kieltämättä aivan mielenkiintoiselta, mutta et ole varsinaisesti päässyt vieläkään asiaan.

-Minä puhun nyt filosofisesta konseptista, vähän samalla tavalla kuin kristinusko tai Islam pitäisi ymmärtää, niin että ei nyt aleta herranjumala sentään tappamaan ketään. Mutta tämä oli kyllä erinomainen esimerkki siitä, miten käy, kun vähän yksinkertaisempi ihminen soveltaa liian vaikeaa ajatusta käytäntöön. Eli kiitokset siitä.

Ja minä kyllä pääsisin asiaan, jos ette olisi jatkuvasti keskeyttämässä.

Eli minä siis tajusin, että Jari oli jäänyt jumiin johonkin aivan omaan maailmaansa, joka on mahdollisesti jollain tavalla myös meidän maailmamme. Ja sitten kun aloin juttelemaan sille niin huomasin, että minun oli lähes mahdotonta valehdella itselleni, kun katsoin sitä silmiin. Melkein kuin se olisi vastannut minulle telepaattisesti ja ajan myötä alkoi tuntumaan niin kuin se olisi puhunut minun pääni sisällä. Suora yhteys jumalaan. Ja niin minä aloin juttelemaan sille kaikista asioista ja kysymään neuvoa aina kun piti tehdä jotain suuria päätöksiä.

Kun lähdin pois osastolta, otin yhteyttä joihinkin vanhoihin ystäviini ja huomasin, että he hyväksyivät minut huolimatta menneisyydestäni ja siitä, että olin tullut vähän hulluksi. Sitten otin yhteyttä myös joihinkin niistä ystävistäni, joilla meni edelleen liian lujaa, ja huomasin, että valtaosa heistä oli ongelmistaan huolimatta pohjimmiltaan hyviä ihmisiä. Ja vaikka en halunnutkaan olla mukana heidän päivittäisessä elämässään, oli silti mukava aina välillä vaihtaa kuulumisia.

Tunsin itseni edelleen aina vähän ulkopuoliseksi ja ihmiset apinoiksi, mutta nyt suhtauduin heihin luultavasti vähän samalla tavalla kuin Jane Goodall simpansseihin. Rakastin heitä kaikkia ja toivoin kaikille pelkkää hyvää, riippumatta siitä kuinka erilaisia olisimme. Emmekä me nyt oikeasti niin erilaisia ole, ihmiset ja apinat tai minä ja tervejärkiset ihmiset.

Öisin minun ajatukseni meinasivat kuitenkin käydä ylikierroksilla ja aloin käyttämään kannabista unilääkkeenä, mutta en pitänyt enää varsinaisesti pilvessä olemisesta, kaikesta säätämisestä mitä kannabiksen hankkimiseen liittyy ja ylipäätään kaikesta hypetyksestä sen ympärillä. Niinpä aloin kasvattamaan kukkani itse ja syömään aina iltaisin saman määrän. Lisäksi aloin meditoimaan ja joogaamaan ja tekemään kaikenlaisia hippijuttuja ja pääsin koko ajan paremmin tasapainoon, mutta jokin Jarin reaktiossa siihen kirjeeseen ja ylipäätään koko voimalaprojektissa ei jättänyt minua rauhaan. Yritin monta vuotta keksiä mikä se oli ja mitä minun pitäisi tehdä, ja sitten se tapahtui.

Surström vaikeni ja tuijotti Kinnusta mietteliään näköisenä.

-Mitä tapahtui? Kinnunen kysyi?

-Minä panin sinun vaimoasi.

-En minä ole naimisissa.

-No ex-vaimoa, jos ihan tarkkoja ollaan.

-Olenko minä nyt istunut täällä koko päivän kuuntelemassa tätä paskanjauhamista ihan vain siksi, että pääsisit vielä kuittailemaan asiasta, vai onko tällä joku muukin pointti.

-On tällä ja minä kerronkin sen nyt heti seuraavaksi. Ja pahoittelut vielä. Minulle tuli siitä aika huono omatunto, vaikka eihän me oltukaan oltu vuosikausiin tekemisissä, eikä minulla ollut teidän eronne kanssa mitään tekemistä.

-Minä tiedän, ettei ollut, voidaanko nyt vaihtaa aihetta?

-Valitettavasti ei voida, kun tämä on aika merkittävää tämän koko jutun kannalta. Lähestulkoon loppuhuipennus.

-No annapa sitten kuulua, mutta säästä minut edes likaisilta yksityiskohdilta.

-Jenni oli yksi niistä vanhoista kavereista joihin minä otin yhteyttä ja me huomasimme tulevamme tosi hyvin juttuun. Eikä minulla edes ollut mitään taka-ajatuksia, mutta jotenkin me vain päädyimme sänkyyn. Kai minussakin sen verran on vielä apinaa jäljellä.

Mutta sitten minussa heräsivät aivan hirveät sisäiset ristiriidat. Toisaalta rakastin Jenniä ihmisenä ja ystävänä ja toivoin hänelle kaikkea parasta, toisaalta hormonini olivat hyvin vahvasti sitä mieltä, että halusin häntä nimenomaan fyysisesti. Mutta tiesin kuitenkin, ettei meille olisi voinut ikinä tulla toimivaa parisuhdetta. Enkä minä sellaista edes halunnut. En tiedä olisiko Jennikään oikeasti halunnut sellaista, mutta minusta tuntui hyvin vahvasti siltä, että mitä ikinä hän halusikaan, hän ei löytäisi sitä minun kanssani. Ja saattaisi pian jopa jättää minun takiani tarttumatta johonkin joka tekisi hänet pysyvästi onnelliseksi. Olin elänyt täysin munkin elämää siitä asti, kun olin tullut hulluksi, ja tämä tuntui aivan kuin teini-ikäisen ensirakkaudelta. Ja kun kävin sisäistä taistelua itseni kanssa, minulle alkoi tulemaan semmoinen olo kuin olisin syönyt sieniä. Ei sitä aivan suotta sanota, että rakastuneet ovat järjettömiä. Ja sitten kun minä kerroin tästä tilanteesta Jarille, niin yhtäkkiä minulle valkeni mitä minun täytyisi tehdä.

Surström vaikeni niin kuin tarina olisi tullut päätökseen, risti kätensä niskan taakse ja sulki silmänsä tyytyväisen ja helpottuneen näköisenä. Kinnunen ja Järvikylä katselivat hetken toisiaan hämmentyneenä ja yrittivät ymmärtää, olisiko heidän pitänyt tajuta jotain.

Parin minuutin kuluttua Järvikylä katkaisi hiljaisuuden. -Mitä sinä sitten olet tehnyt?

-No tietenkin syöttänyt niille presidenteille sieniä.

-Mitä?

-No en mitään aivan kauhean isoa määrää, sen verran vain, että saavat vähän uutta näkökulmaa neuvotteluihin.

-No nyt sinä jauhat taas paskaa. Kyllä kai niillä on semmoiset turvatoimet, ettei tuommoinen voisi ikinä onnistua, Kinnunen sanoi epäuskoisen näköisenä. - Vai voisiko?

-Mitä sinä sillä saavuttaisit? Järvikylä kysyi.

-Ettekö te ole kuunnelleet minua ollenkaan? Surström kysyi nauraen. -En minä yritä saavuttaa mitään. Ei minulla ole mitään sitä voimalaa tai noita presidenttejä vastaan. Ja voihan se olla, että jokin on mennyt viime hetkillä pieleen. Grace Slick yritti jo vuonna 1970 livauttaa Nixonille LSD:ta, mutta jäi kiinni ja lensi pihalle valkoisesta talosta. Mutta jos universumi niin haluaa, Nokkosella, Ivanovilla ja

Dumpilla on tällä hetkellä aika hyvät nousut päällä, ettekä te voi tehdä asialle enää mitään.

Jos muistatte sen turvaselvityksen, josta me puhuimme siinä nauhalla, niin se koski erästä keittiössä työskentelevää henkilöä, joka toimitti ne sienet perille.

Presidenttien tiedotustilaisuuteen tapahtuvan iskun kanssa meillä ei ole mitään tekemistä, enkä minä ole itseasiassa täysin varma, että semmoinen tapahtuu, mutta Ukkosmyrskyn toiminta on niin ennalta arvattavaa, että luulisin kuitenkin näin käyvän. Ja nehän saattavat vaikka heittäytyä väkivaltaiseksi, eli niiden kanssa kannattaa kyllä olla tarkkana.

Oikein paljon kiitoksia, te olette olleet aivan mahtava yleisö, mutta päivä on ollut pitkä ja kellokin alkaa olemaan vaikka mitä, eli minä voisin vetäytyä levolle, jos Kari vaikka ystävällisesti saattaisi minut huoneeseeni.

Kinnunen vei Surströmin takaisin selliin sillä välin kun Järvikylä soitti esimiehilleen raportoidakseen siitä mitä kuulusteluissa oli selvinnyt. Matka käveltiin taas hiljaisuuden vallitessa, mutta ovella Surström kääntyi ympäri.

-Jenni saattaisi olla valmis yrittämään uudelleen, jos sinä saisit noiden kipulääkkeiden käytön hallintaan.

-Onko se huomannut?

-Kaikki kai tuon on huomanneet. Ei kukaan sano mitään niin kauan kuin sinä hoidat työsi ja sinulla on resepti, mutta kyllä ne tietävät. Toivovat sinun tekevän itse asialle jotain ennen kuin siihen täytyy puuttua, ja noiden silmien perusteella se kannattaisi varmaan tehdä mieluummin ennemmin kuin myöhemmin.

Kinnunen käveli kahvihuoneeseen odottamaan Järvikylää ja katseli inhoten kuivaustelineessä olevia lusikoita. Lääkkeiden vaikutus oli alkanut hiipumaan ja hän tunsi olonsa harmaaksi. Mitä hän oli oikein tekemässä elämällään? Hänen selkänsä ei ollut oikeasti ollut pitkiin aikoihin kipeä niinäkään päivinä, kun hän oli syönyt vain kolme tablettia, eivätkä lääkkeet menneet sillä määrällä edes päähän, mutta loivat jonkinlaista turvallisuuden tunnetta. Ja noina päivinä hän antoi elämän vain ikään kuin valua huomaamattomasti ohi, odottaessaan sitä, että saisi parina päivänä viikossa ottaa tupla-annoksen ja elää vähän aikaa sen vaaleanpunaisen usvan keskellä, jossa kaikki tuntui hyvältä ja mahdolliselta. Nyt oli mennyt kolmen päivänä aikana yli kaksikymmentä nappia, ja hän oli myös nokittanut niitä jokaisena päivänä. Tänä aamuna hetken mielijohteesta jopa töissä, mikä oli ollut paitsi riskialtista, myös edesvastuutonta ja kaikin puolin äärimmäisen typerää. Entä jos hän olisi vetänyt överit eikä olisi kyennyt hoitamaan töitään, tai ajanut kolarin.

Kello oli vartin yli seitsemän. Kaksitoista tuntia oli vilahtanut aivan heittämällä ohi, mutta päivä oli silti tuntunut yhtä aikaa jotenkin aivan loputtoman pitkältä. Ja edellinen puoli vuotta oli kulunut aivan samalla tavalla. Esko oli varmasti aivan oikeassa, hänen oli tehtävä asialle jotain nyt heti, tai kohta se ei olisi enää omissa käsissä.

Kinnunen otti vielä kupin kahvia ja yritti kasata itsensä. Olikohan Esko puhunut totta, ei kai se olisi keksinyt tuommoista tarinaa omasta päästään? Mistähän niitä voisi edes syyttää? Sienet eivät taida olla fyysisesti mitenkään haitallisia, mutta kai ne voi tuommoisille vanhoille miehille jotain traumoja aiheuttaa, varsinkin jos ne saavat niitä tietämättään. Vaikka mistä tuota tietää, jos tekisivät sienissään parempia päätöksiä.

Voisikohan noista olla itsellekin apua, jos tuntuu ettei muuten pääse näistä lääkkeistä? Kuulostaisi kyllä aika radikaalilta, olisi pian lääke pahempi kuin sairaus. Löytäisi vielä itsensä sieltä osastolta tai kasvattamasta kannabista. Varmaan parempi koittaa nyt vain ensinnäkin muistaa olevansa poliisi ja toimia sen mukaisesti, ja yrittää sitten ihan tosissaan pysähtyä selvinpäin mietiskelemään syntyjä syviä. Voisi ehkä kokeilla itsekin meditoimista ja muita laillisia hippijuttuja. Ja joogaa. Sehän saattaisi tehdä selälle hyvää ja ties vaikka laihtuisikin vähän siinä samalla.

Järvikylä tuli kahvihuoneeseen vähän puoli kahdeksan jälkeen.

-Minä kerroin miten kuulustelut menivät ja supolla ei ole ainakaan toistaiseksi mitään vaatimuksia Surströmin suhteen. Jos hän puhui totta, niin hänen suunnitelmansa on luultavasti onnistunut ja presidentit ovat jostain syystä päättäneet pitää asian omana tietonaan, kenelläkään ei ole ainakaan ole mitään tietoa siitä, että suunnitelma olisi paljastunut. Tämä saattaisi julki tullessaan tiedustelupalvelut täysin naurunalaiseksi, eli asia tullaan vaikenemaan kuoliaaksi ja sinäkään et voi kertoa kenellekään sanallakaan mitään siitä mitä me olemme tuolla tänään kuulleet.

-Ymmärrän, Kinnunen sanoi ja teki suunsa edessä vetoketjun sulkemista kuvaavan eleen.

-Minä myös keskustelin esimieheni kanssa siitä Subutexista ja takavarikoin sen levyn meidän testattavaksi. Surströmin kertomuksen perusteella me kallistuimme sen kannalle, että poliisi olisi saattanut hyvinkin viedä ne huumeet hänen asuntoonsa varmistaakseen pidätyksen, ja vaikka se onkin jollain tasolla ymmärrettävää, ei semmoista toimintaa voida hyväksyä. Jos siitä levystä löytyy Surströmin sormenjäljet niin häntä voidaan syyttää sen lisäksi myös niistä kasveista. Mutta jos ei löydy, niin tutkinta lopetetaan myös kasvien osalta ja täällä teidän laitoksellanne aloitetaan sisäinen tutkinta.

Kinnunen nyökkäsi, mutta ei sanonut mitään. Yksi syy lisää ryhdistäytyä, ja mikäli hänen epäilynsä pitivät paikkansa, tutkinnassa saattaisi selvitä aika vakaviakin rikkeitä.

-Surström pidetään varmuuden vuoksi kopissa avajaisten yli ja vapautetaan sitten, jos ei mitään muuta ilmene. Minä lähden vielä iltakoneella takaisin Helsinkiin, ja tässä tulee jo kohta kiire. Meillä on aivan eri ihmiset valvomassa näitä avajaisia ja minut lennätettiin vain hoitamaan tämä kuulustelu, koska heitä ei voitu irrottaa tehtävistään.

Kinnunen nousi kättelemään hyvästiksi ja Järvikylä katsoi häntä tiukasti silmiin.

-Minä en ala sanomaan mitään mitä sinä varmasti itsekin ymmärrät, mutta jos sinulla on jotain asioita,

jotka pitää laittaa kuntoon, niin suosittelen teke-
mään niin ennen sitä mahdollista tutkintaa. Ja pidät
sen tutkinnankin omana tietonasi, kun enhän minä
siitä olisi saanut etukäteen kertoa.

 -Kiitos, minä teen niin. Turvallista matkaa ja kaikkea
hyvää muutenkin.

 -Kiitos samoin. Näkemiin.

Toinen uni

Minun on löydettävä jumala ja herätettävä hänet henkiin. Nietzsche on vastuussa hänen kuolemastaan ja saa luvan auttaa, mikä tarkoittaa sitä, että minun on kaivettava hänet ylös. Marssin hänen haudalleen lapion ja sorkkaraudan kanssa ja alan hommiin, hautakiven täytyy painaa ainakin tonnin, mutta tunnen itseni aivan jumalattoman vahvaksi ja nostan sen sivuun kuin jäätelörasian kannen. Alkaa ukkostaa ja salamoiden välähdykset saavat hänen patsaansa näyttämään närkästyneeltä siitä, että häiritsen hänen rauhaansa, mutta mikään ei voi pysäyttää minua ja alan lapioimaan. Kun saan arkun kaivettua esiin, väännän kannen auki sorkkaraudalla ja tuijotan silmiin Nietzcsheä, joka näyttää vielä huomattavasti patsastaan närkästyneemmältä ja sanoo, että minulla on parempi olla jotain perkeleen tärkeää asiaa, kun tulen herättämään hänet keskellä yötä.

Kerron maailmaan ajautuneen kaaokseen jumalan kuoleman jälkeen ja Nietzcshe vastaa, ettei ole vähimmässäkään määrin yllättynyt. Kun kysyn, miksi hän sitten tappoi jumalan, hän kieltäytyy ottamasta asiasta minkäänlaista vastuuta. Hän oli vain todennut jumalan kuolleeksi ja veikannut että siitä ei kyllä hyvä heilu, mikä minun tulisi tietää, jos olisin lukenut hänen tuotannostaan muutakin kuin kontekstista irrotettuja lyhyitä sitaatteja. Ja jos nyt haluaisin jotakin jumalan kuolemasta syyttää, niin hänen puolestaan voisin mennä häiriköimään Darwinia, joka vei evoluutioteoriallaan pohjan koko luojalta.

Sen verran häntä kuitenkin vähän kiinnostaisi tietää ennen kuin jatkaisi uniaan, että kuinka perseelleen asiat sitten ovat menneet. Muistan Goebbelsin sanat ja soitan Nietzcshelle suomiräppiä. Ei saatana, hän puuskahtaa päätään pudistellen ja nousee ylös. Minä lähden mukaan ja jos Darwinilta ei irtoa jotain hyväksyttävää selitystä niin tulee turpaan niin että tukka lähtee. Vai oliko siltä lähtenyt jo? Mutta oli miten oli, nyt mennään.

Päästyämme Lontooseen, huomaamme, että meillä on edessämme melkoinen haaste. Darwin on haudattu Westminster Abbeyn sisälle, eikä häntä voi hiippailla tuosta vain kaivamaan ylös pimeän turvin. Yritämme keksiä erilaisia suunnitelmia, mutta ei meillä kummallakaan ole minkäänlaista käsitystä siitä miten rakennuksiin ylipäätään murtaudutaan jos ovi on lukossa. Saati sitten, että osaisimme vaientaa hälyttimiä, kolkata vartijoita ja tehdä kaikkia muita sellaisia asioita, joista emme edes tiedä mitään, mutta jotka ovat välttämättömiä tämmöisen operaation onnistumisen kannalta.

Ylipäätään koko haudanryöstö alkaa tuntumaan ajatuksena vähän arveluttavalta ja Nietzcshekin toteaa, että on kyllä aika vittumaista, kun joku tulee herättämään kesken kuoleman. Mutta jotain meidän on kuitenkin keksittävä, eikä suinkaan luovutettava heti ensimmäisen vastoinkäymisen kohdalla. Entä jos me menisimme tapaamaan Darwinia ennen vuotta 1882? Jos hän ei ole vielä kuollut, ei ole myöskään hautaa, josta hänet täytyisi kaivaa ylös. Nietzcshe pitää tätä aivan loistavana ajatuksena, hän ei muutenkaan ole erityisen vakuuttunut nykyajasta, tai tulevaisuudesta, kuten hän itse sitä kutsuu, ja mikäli me haluamme löytää jumalan, meidän olisi varmaan joka tapauksessa parasta palata aikaan ennen hänen kuolemaansa.

Ajassa matkustaminen ajatuksen voimalla osoittautuu huomattavasti epätarkemmaksi kuin aikakoneella, johon näppäillään päivämäärä ja mahdollisesti jopa kellonaika, mutta onnistumme osumaan johonkin 1870-luvun puolivälin korville. Darwin on jo ehtinyt julkaista evoluutiota käsittelevät teoksensa ja häntä voidaan pitää vastuullisena niiden sisällöstä, toisin kuin esimerkiksi 1840-luvun Darwinia, jonka kovistelemisessa ei olisi ollut mitään järkeä. Ajassa matkustamisen lisäksi olemme siirtyneet myös Lontoosta maaseudulle ja väijymme Darwinia pusikossa hänen tyypillisen kävelyreittinsä varrella. Nietzche pohtii kävelyn merkitystä suuriin ajattelijoihin. Tolstoi oli tunnettu siitä, että jaksoi marssia kymmeniä kilometrejä päivässä ja päätyi uskomaan jumalaan, vaikka hylkäsikin kirkon. Olisiko hän itsekin löytänyt jumalan, jos olisi kävellyt riittävän pitkästi uskonnon toiselle puolelle? Darwin näyttää viimein lähestyvän polkua pitkin ja mietimme mitä meidän pitäisi tehdä, jos hän lähtee juoksemaan karkuun. Ehkä on parempi pysyä aluksi piilossa ja vain tarkkailla, kun hän menee ohi. Meidän kohdallamme Darwin kuitenkin pysähtyy ja alkaa tähystelemään pusikoon. Käsken Nietzcsheä käyttäytymään luonnollisesti.

Hän huutaa Darwinille onko tämä nähnyt jumalaa ja nauraa päälle jotenkin karmivasti, lähes psykoottisesti. Sitäkö te pojat olette etsimässä? Darwin kysyy ja hymyilee. Minä mietinkin että mitä te sieltä pusikosta haette, näin teidät jo tuolta kauempaa missä tämä polku tekee mutkan. Jumala on aivan kaikkialla, eli voitte kyllä tulla pois sieltä.

Astumme polulle ja kysymme, että jos jumala on kaikkialla niin mitä se koko juttu evoluutiosta on? Onko jumala luonut kaiken vai onko elämä kehittynyt luonnonvalinnan kautta? Voi poikakullat, eihän noiden asioiden tarvitse mitenkään sulkea toisiaan pois. Minähän vain selitin, miten jumalan luomistyö oikeasti toimii. Ette kai te nyt sentään usko, että tämän kaiken saisi viikossa aikaan, vaikka olisi kuin kaikkivoipa?

Niin tuo kirkko ainakin kovasti väittää, minä huomautan. Kirkko, pyh. Kirkko nyt on vain, miten sen sanoisi nätisti. Yksinkertainen selitys yksinkertaisille ihmisille. Minustakin piirrettiin kaiken maailman pilakuvia apinana ja ties mitä, vaikka ihminen osaa jo tuottaa sähköä ja ottaa valokuvia. Ei kai kukaan olisi tuhat tai kaksituhatta vuotta sitten voinut ymmärtää miten asiat oikeasti tapahtuvat, ja aivan samalla tavalla nykyajan ihmisen olisi mahdotonta käsittää sitä mitä tullaan tulevaisuudessa pitämään itsestäänselvyytenä. Tai näin minä ainakin kuvittelisin.

Ei todellisuus muutu mihinkään, vaan ainoastaan se tarkkuus millä me ymmärrämme sitä.

Jumala on joka tapauksessa kuollut, siitä minä olen suhteellisen varma, Nietzcshe sanoo viiksiään sivellen. Ja jos sinäkään et sitä tappanut, niin kuka sitten? Ei kai jumalaa voi tappaa selittämällä luonnonlakeja, vai voiko? Darwin kysyy ja raapii partaansa. Siinä tapauksessa Newtonilla saattaisi olla jonkinlainen käsitys asiasta. Tai jopa jotain tekemistä sen kanssa.

Ehdotan että menisimme kysymään asiaa Newtonilta itseltään ja kysyn, haluaisiko Darwin lähteä mukaan? Hän kertoo olleensa kyllä nuorempana melkoinen seikkailija, ja aikamatkustus kuulostaisi kieltämättä aika jännittävältä vaihtelulta, mutta hän on ehtinyt jo tottua seesteiseen perhe-elämään, eikä oikein tiedä mitä mieltä vaimokaan olisi. Nietzcshe tuhahtaa halveksuvasti ja toteaa naisista olevan vain harmia. Ja sitä paitsi hänkin oli ehtinyt maata jo toistasataa vuotta seesteisesti haudassa ennen kuin joku tuppikulli kävi kaivamassa hänet ylös ja alkoi syyttelemään asioista, joista hän ei ollut sen enempää vastuussa kuin Darwinkaan.

Meinaan ensin vähän loukkaantua siitä tuppikullista, mutta ehkä olen ansainnut sen. Ja hoksaan myös ilokseni samalla, että koska me olemme matkustamassa ajassa taaksepäin, Darwinin vaimo ei saa edes ikinä tietää hänen olleen poissa. Tähän ei Darwinkaan voi väittää vastaan, mutta varoittaa meitä siitä, että Newton oli vähän hankalan ihmisen maineessa, ja kehottaa varsinkin Nietzcsheä siistimään vähän ulosantiaan, jos mitenkään mahdollista.

Newton osoittautuu vielä hankalammaksi kuin olisimme ikinä osanneet kuvitella, mitä saattaa toki edesauttaa se, että Nietzcshe aloittaa tapaamisen kysymällä oliko tämä saanut pillua? Jossain toisissa olosuhteissa se olisi toki saattanut olla tehokas keino rikko jää kahden neron välillä, jotka olivat saavuttaneet niin vähän menestystä naisrintamalla, mutta Newton ei ole varsinaisesti huumorimiehiä, saati sitten tiedä mitään Nietzcshestä, ja hän ottaakin kysymyksen aivan silkkana vittuiluna.

Tarvitaan koko Darwinin leppoisa viehätysvoima ja suurperheen isän sovittelutaidot, ettei tapaaminen lopu heti alkuunsa. Lopulta Nietzcshe kuitenkin pahoittelee kysymystä ja myöntää sen olleen täysin sopimaton ja aivan liian henkilökohtainen, ja Newton hyväksyy hänen anteeksipyyntönsä sekä sen, ettei kysymystä ollut tarkoitettu loukkaavaksi.

Newton toistaa meille saman asian kuin Darwinkin, hän oli vain osoittanut, miten luojan luoma maailma toimii, ja näin pikemminkin todistanut jumalan olemassaolon kuin kumonnut sen. Se, että kirkko ei ollut kaikista asioista hänen kanssaan samaa mieltä osoitti ainoastaan sen, että kirkko palveli antikristusta.

Tässä vaiheessa teen karmaisevan virheen, johon verrattuna Nietzcshen tahditon keskustelunavaus ei ollut vielä mitään, ja kerron Newtonille Einsteinin suhteellisuusteorian osoittaneen hänen käsityksensä painovoimasta virheelliseksi. Valitettavasti en osaa selittää asiaa sen tarkemmin ja raivostunut Newton luulee minun tarkoittaneen, etten usko koko painovoimaan. Yhtä hyvin olisin voinut väittää maapalloa litteäksi ja vedota lähteenä johonkin foliohattuisten salaliittoteoreetikkojen pyörittämään nettisivuun. Darwin yrittää parhaansa mukaan lepytellä Newtonia, mutta tämä loukkaus on ollut jo liikaa. Hän sanoo, että jos emme kerran usko painovoimaan, niin hänen puolestaan voimme leijailla vittuun hänen aikaansa haaskaamasta. Sitten hän kävelee sisälle ja paiskaa oven kiinni.

Samassa tunnen itseni jotenkin aivan erityisen kevyeksi ja huomaan kohoavani irti maasta. Nietzcshe ottaa välittömästi tilanteesta kaiken irti ja alkaa lentämään viikset lepattaen ympäri Cambridgen sisäpihaa pujotellen tornien ja pilarien ympäri. Lentäessään hän pitää vasenta kättään rennosti housuntaskussa ja on ojentanut nyrkkiin puristetun oikean kätensä suoraan eteenpäin. Muutaman kierroksen jälkeen hän laskeutuu leijumaan viereeni kädet lanteilla. Tämähän on aivan mahtavaa, hän sanoo. Päästään muutenkin huomattavasti helpommalla, kun lennetään Italiaan. Kysyn miksi Italiaan, ja hän vastaa, että meidän täytyy ehdottomasti tavata Galileo seuraavaksi.

Darwin on kohonnut maasta vain kymmenisen senttiä ja näyttää vähän epäluuloiselta, hänen iässään pitää olla varovainen ennen kuin kokeilee aivan uusia etenemismuotoja. Ja sitä paitsi hän epäilee, että mitä kauemmas me palaisimme ajassa taaksepäin, sen suurempi mahdollisuus Nietzcshen suurella suulla olisi toimittaa meidät roviolle. Mikä ei tapa, se vahvistaa, Nietzcshe vastaa, mutta Darwin epäilee vahvasti, että roviolla polttaminen kyllä tappaisi. Nietzcshe kertoo kuolleensa jo kerran eikä se ollut niin kamalaa kuin voisi kuvitella, vaikka hän joutuu kyllä myöntämään, että nimenomaan se ennen kuolemaa tapahtuva osuus elävältä polttamisessa kuulostaa kaikista ikävimmältä. Tarkemmin ajateltuna hän lupaa pitää suunsa tarvittaessa vaikka kokonaan kiinni, ja ainahan me voisimme lentää karkuun jos tilanne kävisi liian tukalaksi. Ja Galileo oli muutenkin ottanut niin paljon kirkon kanssa yhteen, että tuskinpa hän pienestä kerettiläisyydestä tykkäisi huonoa.

Galileo osoittautuukin sangen leppoisaksi mieheksi, joka tykkää piruilla auktoriteeteille ja kokeilla vähän kepillä jäätä sen suhteen mitä uskaltaa sanoa. Helpommalla silti pääsee, kun esittää harrasta uskovaista ja mahdollisuuksien mukaan vähän yksinkertaista, hän sanoo. Minäkin tein jo nuorena kolme aviotonta lasta ja trollasin paavia julkisesti, mutta sillain muka puolivahingossa ajattelemattomuuttani. Kuvitelkaa nyt, ajattelemattomuuttani. Kehitin tieteellisen metodin, mutta ihan vahingossa harrastin esiaviollista seksiä ja tein paavin naurunalaiseksi. Galileo kertoo nauraen jopa sanoneensa "se liikkuu sittenkin" inkvisition edessä, mutta yskäisseensä sen verran samalla, ettei kukaan voinut olla täysin varma mitä hän oli sanonut. Jumalan olemassaoloon hänkään ei silti osaa ottaa kantaa, vaikka pitää toki kirkkoa aika naurettavana instituutiona.

Kerron aurinkokeskeisen ja maakeskeisen maailmankuvan olevan kummankin oikeassa. Maa kiertää toki aurinko ja siinä hän on täysin oikeassa, mutta koko maailmakaikkeus kiertää samalla maata ja ottaa jopa sen pyörimisliikkeen huomioon niin, että eräs hyvin tietty kohta maapallosta on aina koko maailmakaikkeuden keskipiste.

Kappas perkelettä, Galileo toteaa iloisesti, meillähän tuli sittenkin kirkon kanssa tasapeli.

Nietzcshe on ollut koko keskustelun ajan harvinaisen hiljaa, mahdollisesti siksi, että tämä mies on selvästikin saanut ja puhuukin siitä tuolla tavalla ohimennen niin kuin kyse ei olisi mistään sen isommasta asiasta. Mutta näyttää hän kyllä pohtivan jotain muutakin. Darwinilla ja Galileolla on lasten lisäksi paljon muutakin yhteistä ja perhe-elämän ohella he keskustelevat muun muassa erilaisista partaöljyistä. Nietzcshellä ei ole viiksivahamiehenä tähänkään keskusteluun kauheasti lisäämistä, mutta jotain muuta hän on hoksannut. Me alamme olemaan vakavasti otettavan tieteen alkulähteillä, hän sanoo, mutta meillä ei ole edelleenkään mitään tietoa edes jumalan olemassaolosta, saati sitten hänen kuolemastaan. Meidän on ehkä mentävä suoraan pääkallopaikalle ja käytävä katsomassa heräsikö Jeesus todella kuolleista.

Tämä herättää vilkasta keskustelua. Entä Kopernikus ja Tyko Brahe? Tai arabien tieteellinen kehitys? Saati sitten uskonpuhdistajat kuten Martti Luther ja Jan Hus? Jätetäänkö heidät vain kokonaan välistä? Jätetään, on ainakin Nietzcshen vankkumaton mielipide. Darwinkin myöntää, että vaikka hänen vanha tutkimusmatkailijan innostuksena on alkanut vasta kunnolla heräämään, niin kieltämättä alkaa myös ikä painamaan. Galileo sanoo aivan samaa, hän on liian vanha lähtemään edes Jeesuksen haudalle. Toisaalta olisi mielenkiintoista tietää onko jumalaa olemassa, mutta asia selvinnee hänelle muutenkin luultavasti ihan lähivuosina. Ja Darwinhan voisi pysähtyä kotimatkalla kertomaan asiasta, mikäli he löytäisivät jotain erityisen mielenkiintoista. Tuoda mahdollisesti samalla jotain hyvää partaöljyä jos siitä ei ole kauheasti vaivaa.

Lähdemme lentämään kohti Lähi-Itää, mutta Galileon tasapeli kirkon kanssa on jotenkin vaikuttanut ilmansuuntiin. Tai tämä on ainakin Nietzcshen selitys, kun hän joutuu jonkin ajan kuluttua tunnustamaan, ettei tiedä missä olemme. Voi pyhä yksinkertaisuus! Kuuluu jostain alhaalta ja näemme Jan Husin palamassa roviolla. Olemme Saksassa vuonna 1415, olit aivan oikeassa siinä, että jätettiin tämä välistä, Darwin totetaa helpottuneen kuuloisena ja irvistää katsoessaan, miten maalaiset kantavat lisää puita nuotioon. Tuossa olivat ehkä osuvimmat viimeiset sanat ikinä.

Käännymme etelään, mutta osumme synkkään pilveen, joka osoittautuu pimeäksi keskiajaksi. Myrsky ravistelee ja riepottelee meitä sinne tänne, näemme ristiretkiä ja muslimien invaasioita, keisarikuntien syntyä ja tuhoja ja viikinkejä, jotka ovat saapuneet ryöstämään ja raiskaamaan. Lopulta pullahdamme ulos pilvestä ja näemme miehen nousemassa taivaaseen siivekkään hevosen selässä. Olemme Mekassa 600-luvulla. Melkein perillä, mutta meillä on 600 vuotta aikaa tapettava.

Nietzcshe toteaa, että ehtisimme helposti tehdä pienen lenkin Rooman kautta ja sanoo että olisi mielellään kärpäsenä katossa, kun *Raamatun* sisällöstä päätetään. Darwinkin pitää tätä hyvänä ajatuksena, hän kamppaili itse vuosia *Lajien synnyn* editoimisen kanssa ja olisi mielenkiintoista nähdä miten maailman vaikutusvaltaisimman kirjan sisällöstä on päätetty. Keski-aikaan verrattuna suunnistaminen on lapsellisen helppoa ja osumme vaivatta vuoden 382 kirkolliskokoukseen.

Nietzcshellä on myös kärpäsenä muhkeat viikset ja Darwinilla on edelleen hänen partansa, muuten meitä ei erottaisi tavallisista kärpäsistä mitenkään kun lennämme sisään ikkunasta ja asetumme suoraan sen pöydän yläpuolelle, jossa eri kertomuksista äänestetään.

Pöydän edessä on esiintymislava, jossa kirjailijat, runoilijat ja laulajat esiintyvät tuomaristolle. Sen takana ja sivuilla on paikat yleisölle, joka voi lyödä vetoa suosikkiensa puolesta. Sekä yleisö että tuomarit ovat voineet etukäteen tutustua tarinoiden kirjallisiin versioihin, mutta lopulliset päätökset tehdään näiden esitysten perusteella.

Kuka veikkasi, että tarina vetten päällä kävelystä menisi läpi?! Vedonvälittäjä huutaa ja kilisyttää kolikkopussiaan. Onnelliset voittajat ryntäävät veikkauskuponkiensa kanssa paikalle. Seuraavaksi veden muuttaminen viiniksi, juontaja ilmoittaa ja yleisö repeää nauramaan.

Tämä on aivan pöyristyttävää, Darwin sanoo, minun on pakko mennä katsomaan vähän lähempää, että olemmeko me varmasti aivan oikeassa paikassa. Hän yrittää laskeutua pöydälle mahdollisimman huomaamattomasti, mutta on valitettavasti sen verran tottumaton siipiinsä, että pitää yllä aivan kamala surinaa ja tekee lenkin suoraan paavin nenän edestä. Paavi näyttää kiinnittävän kaiken huomionsa lavalla kuuluvaan tarinaan siitä, miten juomat loppuivat jatkoilla kesken, mutta Jeesus muutti ihan tuosta vain tynnyrillisen vettä viiniksi, että kaikki pääsivät kunnolla kännäämään. Ei pullollista tai edes tonkkaa, vaan kokonaisen tynnyrillisen.

Viinaan menevänä elostelijana paavi hurraa ja taputtaa tarinalle innokkaasti ja heiluttaa ohjelmalehtistä ikään kuin suosionosoituksena, joka on kuitenkin salakavala juoni. Yhdellä nopealla lyönnillä hän iskee Darwinin hengiltä ja nippaa tämän sitten etusormellaan lattialle ennen kuin nostaa itseensä tyytyväisenä viirin, jolla äänestää veden muuttamisen viiniksi jatkoon.

Huudan kauhusta ja järkytyksestä. Me ylipuhuimme Darwinin mukaan ja olemme osittain vastuussa hänen kuolemastaan. Hänellä oli vaimo ja lapsia. Heikot sortuu elon tiellä, Nietzcshe toteaa ja lentää ulos ikkunasta. Varmuuden vuoksi aivan katon rajassa ja koko ajan katseensa kohti verenhimoista paavia pitäen.

Kun pääsemme pihalle, Nietzcshekin myöntää olevansa aika järkyttynyt Darwinin kuolemasta, mutta samalla hän toteaa olevansa vähintäänkin yhtä järkyttynyt siitä sirkuksesta, jonka me olemme sisällä nähneet. Voitko kuvitella miten niitä naurattaa, kun ne kertovat siitä, miten Jeesus ajoi rahanvaihtajat temppelistä? Ja Jeesuksesta puheen ollen, meidän pitää lähteä jatkamaan matkaa, jos aiomme ehtiä perille ennen kuin se on noussut ylös.

Suuri kivi peittää Jeesuksen hautaa, kun kävelemme sitä kohti Golgatalta. Hänet on ristiinnaulittu edellisenä päivänä, eli olemme paikalla juuri oikeaan aikaan. Nietzcshe alkaa muuttumaan sitä kalpeammaksi ja epävarmemmaksi, mitä lähemmäs pääsemme. En tiedä kuinka tietoinen olet asiasta, hän sanoo, mutta minähän olen sanonut tästä suuresta vertauskuvien esittäjästä vuosien mittaan aika ilkeitä asioita. Eli jos luulet, että Newton oli pahantuulinen, niin en usko sen olleen mitään siihen verrattuna mitä täällä odottaa. Älä siitä huoli, ensinnäkin sinä kirjoitat ne kirjat vasta 1850 vuoden päästä, ja vaikka jumala tietäisikin myös kaiken tulevan, niin uskonnossahan on kyse anteeksiannosta ja lähimmäisenrakkaudesta.

Sano se Darwinille.

Saan kuitenkin Nietzcshen vielä suostuteltua vierittämään kanssani kiven syrjään. Minä en tule tämän pidemmälle, hän sanoo, en voi sietää tuota kalman hajua. Autoin sinut tänne asti mutta nyt olet omillasi, ei muuta kuin rohkeasti sisälle vain.

Kurkistan varovasti ovelta hautaan, mutta Nietzcshe tönäisee minut sisälle ja vierittää kiven takaisin paikoilleen. Olen pahoillani, hän huutaa, ja hyvää jatkoa. Sitten hän on poissa.

Tunnustelen ympäri säkkipimeää hautaa, mutta en löydä ketään. Hauta on tyhjä. Olemme tehneet tämän koko matkan aivan turhaan. Istun kiviselle alustalle, jolla Jeesuksen ruumiin olisi pitänyt olla ja hautaan pääni käsiini. Minun isäni, Joseph Goebbels, Desmond Tutu, Nietzcshe, Darwin ja verenhimoinen paavi. Kaikki syntyvät ja kuolevat täysin satunnaisesti ilman mitään tarkoitusta. Itken lohduttomasti ja kun kyyneleet valuvat pitkin käsiäni, tunnen niissä jotain omituista. Tunnustelen ranteitani ja huomaan niissä naulanreiät. Työnnän sormeni reikään ja se menee siitä läpi asti. Nousen ylös penkiltä ja kävelen ovelle, työnnän kiven syrjään ja astun ulos.

Loppu on lähellä

Voimalan avajaisia edeltävänä iltana Kari Kinnunen kamppaili itsensä kanssa. Heti kotiin päästyään hän oli syönyt vielä kaksi tablettia, jonka jälkeen hän oli vain istunut sohvalla ja tuijottanut seinää, kunnes oli tuntenut opiaattien lämmittävän vaikutuksen. Sitten hän oli syönyt illallista ja laittanut television päälle, mutta ei ollut pystynyt keskittymään ohjelmaan, vaan oli sen sijaan uppoutunut ajatuksiinsa.

Nyt oli ollut henkisesti niin kuormittava päivä, että oli ollut aivan hyväksyttävää syödä vielä pari konttia, mutta huomisesta alkaen hän yrittäisi pärjätä kahdella, tai korkeintaan kolmella tabletilla päivässä. Ei hän niitä nyt sentään niin epäsäännöllisesti ollut syönyt, että niistä voisi tulla mitään varsinaisia vieroitusoireita, ja tällä kertaa hän ei joutuisi muutenkaan pärjäämään kokonaan ilman. Ainakaan aluksi. Jos hän saisi kivun muutenkin hallintaan niin aivan turhaanhan noita nappeja söi. Teki mieli laittaa heti Jennille viestiä tästä päätöksestä, mutta nyt taitaa olla sellainen tilanne, että asia pitää todistaa teoilla eikä sanoilla. Olisi muutenkin hyvin vaikeaa selittää asiaa puhumatta Eskosta ja se tuntuisi kyllä aika omituiselta. On sekin kyllä yhdenlainen hullu, millähän kohti tuo kokee itse olevansa y-akselilla.

Parin tunnin kuluttua Kinnunen havahtui siihen, että hänellä teki armottomasti mieli tupakkaa. Ja vielä enemmän hänellä teki mieli vetää vielä yksi kontti nokkaan, tuntea viimeisen kerran se ihana vaaleanpunainen pumpuli, joka siitä seurasi.

Koska nyt oli viimeinen tällainen ilta, hän päätti antaa periksi kummallekin mieliteolle ja käydä ostamassa tupakkaa lähiöbaarista. Ennen lähtöä nokittamalla sai mukavasti buustia pikku iltakävelyä varten ja tupakka maistui aivan taivaalliselta, joskin se meni tauon jälkeen niin paljon päähän, että hän pääsi vain vaivoin takaisin sisälle ja rojahti välittömästi takaisin sohvalle.

Jossain välissä hän havahtui siihen, että oli nokittanut vielä toisenkin ja tupakoi sohvalla, koska oli liian sekaisin lähteäkseen pihalle. Siinä vaiheessa hän päätti rajan tulleen vastaan. Hän oli jo pilkkinyt palava tupakka kädessään, entä jos hän olisi nukahtanut kokonaan ja polttanut itsensä. Mahdollisesti koko talonkin samalla ja tappanut kaikki naapurit.

Ylös noustessa meinasi huimata ja oksettaa, mutta hän onnistui siitä huolimatta raahautumaan lääkkeidensä kanssa vessaan ja istui pöntön viereen lattialle. Hän joutui sulkemaan vasemman silmänsä saadakseen katseensa tarkennettua ja päivien laskeminen tuotti aivan suunnattomia vaikeuksia, mutta hän onnistui laittamaan sivuun suunnilleen kaksi tablettia päivää kohti siihen asti, kunnes saisi reseptinsä uusittua. Loput tabletit hän veti alas vessanpöntöstä ja rojahti sitten kaikkensa antaneena kyljelleen lattialle, josta siirtyi joskus aamuyöllä sänkyyn, jossa kuorsasi tyytyväisenä vielä avajaisten alkaessa.

Avajaisten alkaessa Esko Surström seisoi putkassa päällään ja hyräili Black Sabbathin *Electric Funeralia*. Hän oli ollut kaksi yötä ilman kannabisannostaan ja jälkimmäinen oli mennyt jo enemmän hikoilun kuin nukkumisen merkeissä. Lisäksi hän paastosi jo kolmatta päivää, koska ei ollut sattunut ennen pidätystään syömään vielä mitään sille päivälle. Noiden kahden asian yhteisvaikutus teki hänet vähän epävakaaksi ja hän tunsi mielensä käyvän melkoisilla kierroksilla, mutta ainakin toistaiseksi hän nautti olostaan. Kevyt maanisuus tuntui oikeastaan aika mahtavalta niin kauan kuin se pysyi suunnilleen hallinnassa, ja ollessaan lukittuna neljän seinän sisälle hän ei voisi saada minkäänlaista vahinkoa aikaan. Silmänsä sulkiessa hänestä tuntui kuin hän olisi saanut luotua telepaattisen yhteyden Jari Vainioon, joka katseli voimalan avajaisia Pahajokitalon ylimmässä kerroksessa.

Pahajokitalon ylimmässä kerroksessa Jari Vainio todellakin istui pyörätuolissaan juuri sen saman pöydän ääressä, jonka ympärillä Nokkonen, Dump ja Ivanov olivat neuvotelleet edellisenä iltana. Risto Kyngäs ei tiennyt miten Vainio liittyi voimalaan, vai liittyikö mitenkään, mutta oli joka tapauksessa päättänyt poliisien käynnin jälkeen tuoda hänet paikalle. Ravintola oli pakkautunut aivan täyteen ja osa asiakaista oli ollut aika närkästyneitä siitä, että hän oli varannut niin hyvä paikan pyörätuolissa istuvalle katatoonikolle joka ei kuitenkaan ymmärtäisi mitään päivän tapahtumista, mutta hän oli kehottanut ystävällisesti heitä painumaan vittuun. Taustatukea hän

oli saanut Irmeli Mehtälältä, joka istui häntä vasta-
päätä ja otti aina välillä pienet siivut kiikareistaan.
Piti sitä kuulemma tuommoista tilaisuutta vähän juh-
listaa, mutta hän ei pienestä eläkkeestään maksaisi
kalliita paukkuja ravintolassa, joka näyttikin aivan
venäläiseltä.
 Eikä reilun viiden kilometrin päässä tapahtuvia ava-
jaisia muutenkaan oikeasti näkisi voimalan ympärille
jätetyn luonnontilaisen metsän läpi edes kaukoput-
kella, varsinkaan pyörivästä ravintolasta, jossa suun-
takin saattoi olla aivan väärä, mutta tärkeintä olikin
olla paikalla. Ja kyllähän voimalarakennuksen katon
kuitenkin erotti yli kahdenkymmenen minuutin ajan
joka tunti.

 Varsinaisiin avajaisiin oli varattu median lisäksi tilaa
kolmelletuhannelle katsojalle, joista osa oli leiriyty-
nyt jo kahta päivää aikaisemmin odottamaan pääsy-
ään turvatarkastukseen. Jonon kärjessä olivat seitse-
män puolijoukkuetelttaan majoittunutta miestä,
jotka olivat pukeutuneet tummiin pukuihin, tyylik-
käisiin solmioihin ja beigen värisiin trensseihin. Mi-
kään heidän ulkonäössään ei kertonut siitä, että he
olisivat majoittuneet teltassa; vaatteet näyttivät puh-
tailta ja rypyttömiltä, parrat juuri ajetuilta ja jokai-
sen hiukset olivat täydellisesti ojennuksessa. Nämä
olivat selvästikin hienoja herrasmiehiä, jotka halusi-
vat ehdottomasti olla ensimmäisessä rivissä todista-
massa historiaa.
 Presidentit marssivat punaista mattoa pitkin hallin-
torakennuksesta kohti itse voimalaa, jossa heidän oli
tarkoitus painaa yhdessä käynnistysnappulaa

ensimmäisen kerran. Puolivälissä matkaa he pysähtyivät vilkuttamaan yleisölle ja medialle, vaikka varsinainen tiedotustilaisuus olikin tarkoitus pitää vasta kun voimala oli jo käynnissä.

Välittömästi kun he olivat pysähtyneet, seitsemän herrasmiestä pujahtivat yleisölle tarkoitetun alueen rajaavan aidan ali ja kääntyivät selin presidenttejä kohtaan niin, että näitä lähimmät kolme miestä seisoivat kylki kyljessä ja neljä muuta muodostivat puoliympyrän miesten ja muun yleisön väliin.

Presidenttejä lähinnä olevat kolme miestä kumartuivat eteenpäin ja nostivat takkinsa paljastaen takapuolensa, mutta tämä oli vasta hyökkäyksen ensimmäisen osa. He olivat myös työntäneet roomalaiset kynttilät peräaukkoihinsa ja sytyttäneet ne takkiensa suojassa jo ennen pyllistämistään, ja nyt heidän perseensä näyttivät syöksevän tulta suoraan presidenttejä kohti.

Dump puisteli päätään pettyneen näköisenä ja Nokkonen hautasi kasvonsa käsiinsä. -Taas saa saatana hävetä silmät päästään, hän mutisi. Ivanov sen sijaan näytti suorastaan riemastuneelta ja oli ammuskelevinaan takaisin sormipistooleilla, hän hihitti ja teki jopa ampumista kuvaavia äänitehosteita.

Yleisön joukossa seisonut rikosylikonstaapeli Raimo Peltomäki näki mitä tapahtui ja reagoi nopeudella, joka oli lähes käsittämätön niin suurikokoiselle ja hidasälyiseksi väitetylle miehelle. Hän hyppäsi aidan yli ja otti laskeutuessaan kainaloiden alta kiinni miestä, joka seisoi puoliympyrässä toisena vasemmalta. Hän nosti miehen ilmaan ja heitti tällä uloimpana vasemmalla seisovaa miestä, jonka jälkeen pyörähti oikealle, nosti samalla tavalla toisena oikealta olleen miehen ilmaan ja heitti tällä uloimpana oikealla seisovaa miestä. Sitten hän tarttui uloimpia perseistään tulta ampuvia miehiä niskoista kiinni ja löi heidän päillään keskimmäistä miestä päähän niin, että kaikki kolme tipahtivat tajuttomina mahalleen maahan. Noin kahdessa sekunnissa hän oli muuttanut potentiaalisesti vaarallisen mielenosoituksen ilotulitukseksi, eikä muutamaa lähintä katsojaa lukuun ottamatta juuri kukaan ollut edes ehtinyt tajuta mitä tapahtui.

Roomalaisten kynttilöiden sammuttua puolitajuttomat protestoijat talutettiin aplodien saattelemana taaempana odottaviin poliisiautoihin ja presidentit siirtyivät sisälle voimalaan. Kukaan heistä ei ollut oikein varma siitä, miten olisi suhtautunut edellisen päivän kokoukseen, ja he kaikki epäilivät, että olisivat nyt mahdollisesti tekemässä jotain aika hätiköityä, mutta heillä ei ollut ollut vielä aikaa tai tilaisuutta keskustella rauhassa uudelleen. Voimalan käynnistämisestä olisi tunti aikaa ennen lehdistötilaisuuden alkua, ja matkalla kohti ohjaamoa he supisivat toisilleen, että pitäisivät vessassa pikaisen palaverin heti kun olisivat painaneet nappia ja saaneet siihen liittyvät muodollisuudet hoidettua. Mutta valitettavasti he eivät saaneet siihen enää tilaisuutta.

Mustapukuiset miehet, joilla on kulkuluvat kaikkialle ja jotka pitävät huolta siitä, että maailma pyörii niin kuin sen on määrä pyöriä, olivat käyneet edellisenä yönä voimalassa presidentteihin liittyvän viime hetken turvatarkastuksen varjolla. Samalla he olivat kätkeneet voimalan sisälle pienen taktisen ydinaseen, joka oli ohjelmoitu räjähtämään samalla hetkellä, kun voimala käynnistyisi. Räjähdyksen tarkoitus oli tappaa eliitin pettäneet presidentit ja tuhota voimala niin, että se näyttäisi prosessissa käytetyn ydinjätteen räjähtämiseltä ja hautaisi samalla kokonaan ajatukset nollakenttäenergiasta korvaajana fossiilisille polttoaineille ja ydinvoimalle. Myös voimalan pihalla seisovat ihmiset tulisivat todennäköisesti kaikki kuolemaan, mutta se olisi vain eduksi. Asiasta ei tosin ollut aivan täyttä varmuutta, koska kukaan ei ollut ehtinyt miettiä kestääkö ydinräjähdyksen kestävä rakennus sellaisen myös, jos se tapahtuu rakennuksen sisällä.

Valitettavasti tapahtui myös muita asioita, joita kukaan ei ollut ehtinyt tai osannut miettiä. Nollakenttäenergia ja ydinräjähdys moninkertaistivat toistensa vaikutuksen ja muuttivat lisäksi nollakenttäenergian äärimmäisen epävakaaksi niiden sekunnin murtoosien ajaksi, jotka se ehti toimia ennen kuin räjähdys hajotti voimalan. Ja koska sen vaikutus ei liikkunut ainoastaan valonnopeudella, vaan oli aivan välitön joka puolelle, tuokin aika oli enemmän kuin riittävästi.

Kaikki maailman sähkölaitteet käynnistyivät ja sammuivat samanaikaisesti; lamput paloivat, televisiot ja mikroaaltouunit räjähtivät ja kaikki laukaisuvalmiudessa olleet ydinaseet lähtivät välittömästi matkaan. Tämän jälkeen koko maailman kaikki sähköverkot ylikuormittuivat ja tuhoituivat ja ydinvoimaloiden reaktorisydämet sulivat ja räjähtivät. Ja koska ohjuspuolustusjärjestelmät olivat lakanneet toimimasta, ei maailman jokaiseen suurkaupunkiin matkalla olleita ydinohjuksia voinut pysäyttää enää mikään.

Voimalan sisällä räjähtänyt ydinase imi hetkessä itseensä moninkertaisesti lisää energiaa, tuhosi voimalan, muutti kaikki sen pihalla seisoneet ihmiset tomuksi ja kohosi kohti taivasta valtavana sienipilvenä. Pahajokitalon ylimmän kerroksen ravintolassa avajaisia seuranneilla ihmisillä oli vain joitakin sekunteja aikaa panikoida ennen kuin paineaalto tappaisi heidät kaikki.

Vanha mies katseli sienipilven leviämistä kyynelten valuessa pitkin hänen poskiaan. Sitten hän sulki hymyillen silmänsä ja kaikki lakkasi olemasta.